A VIDA INTEIRA

Maria Grazia Calandrone

[tradução]
Patricia Peterle

editora Urutau
primeira edição
2022

O —

editora Urutau

rua do cajú, 478,
jardim das cerejeiras
06724-015
cotia-sp (brasil)

rua manuel pacheco nobre, 128 - 5º esquerdo
2830-080
barreiro (setúbal)
portugal

[+351] 928053619 [portugal]
[+55] 11 9 4859 2 426 [brasil]

www.editoraurutau.com.br
contato@editoraurutau.com.br

[EDITORES]
tiago fabris rendelli & wladimir vaz
[COORDENAÇÃO DE REVISÃO]
debora ribeiro rendelli
[REVISÃO]
marcella sarubi
[DIAGRAMAÇÃO]
victor h. azevedo
[FOTO DE CAPA]
barbara ledda

dados internacionais de catalogação na publicação (CIP) de acordo com ISBD

calandrone, maria grazia
C142v a vida inteira / maria grazia calandrone ; traduzido por patricia peterle. — cotia : urutau, 2022. 168 p. ; 14cm x 19,5cm.

ISBN: 978-65-5900-343-3

1. literatura italiana. 2. poesia. I. peterle, patricia. II. título.

CDD 851
2022-2607 CDU 821.131.1-1

elaborado por vagner rodolfo da silva - CRB-8/9410

sumário

**GLI SCOMPARSI (2016) |
OS DESAPARECIDOS**

**IL BENE MORALE (2017) |
O BEM MORAL**

**GIARDINO DELLA GIOIA (2019) |
JARDIM DA ALEGRIA**

POR QUE MARIA GRAZIA CALANDRONE

> *Já que nasce*
> *como poesia de amor, esta poesia*
> *é política.*
>
> Maria Grazia Calandrone

Toda escrita, sobretudo quando se trata de poesia, traz as pegadas de experiências acumuladas ao longo dos anos. Olhar para eventos cruciais que marcam ou marcaram o decurso de uma vida não é tarefa fácil. Colocar-se nu diante de si mesmo, mostrar certa fragilidade e desta tirar a própria força parece ser um dos gestos inscricionais de Maria Grazia Calandrone (Milão, 1964). Se por um lado todo poeta tem um quê de narciso, e poderíamos pensar no quadro de Caravaggio, a superfície espelhada que olha para a poeta italiana, enquanto ela também vê seus traços, não é lisa e clara como a do mito. Na verdade, a imagem refletida da poeta aponta para as fissuras, suturas, cesuras escondidas no fundo negro, a beleza que faz mal. O olhar de Calandrone, portanto, não volta para si sem antes perceber as presenças dessas incrustações, dos estilhaços e das cicatrizes que fazem parte de todo e qualquer caminhar. Se para Narciso a imagem de si é a única via do conhecimento, Calandrone, apostando nas clivagens e fissuras, mostra a necessidade do outro, da relação, o que já aponta para a dimensão de uma eticidade.

Vida, palavra corriqueira, de significado imediato, mas que o laboratório poético de Calandrone parece eleger para si como um campo de investigação que vai escavando e escavando por entre as diversas camadas até expor ou dar a ver a imensa complexidade que lhe é intrínseca, sempre permeada por muitas tensões. Um olhar questionador, nada apaziguador e até incômodo, como o de Pier Paolo Pasolini (a quem é dedicado o poema "Carta imaginária"), que nos afeta como uma lança afiada e cortante. Calandrone não liquida as questões, não busca "a" resposta certeira ou correta, o que lhe interessa é adentrar nessas concreções mais complexas da urdidura do humano e é, justamente, aqui que se mostram as esferas do *pathos* e da ética inerentes a essa escrita.

A voz de Calandrone emociona, incomoda, perturba, enfim, chega naqueles espaços escondidos ou silenciados; talvez os que se prefere não ver porque de alguma forma machucam (verbo presente em alguns de seus versos). Uma operação interessante, nesse sentido, é a leitura feita por ela de uma obra do pintor espanhol Antonio López Garcia[1]:

[1] Essa leitura faz parte do livro *Nell'occhio di chi guarda*, organizado por Clotilde Bertoni, Massimo Fusillo e Gianluigi Simonetti, publicado pela editora Donzelli em 2018.

Sink and Mirror, ANTONIO LÓPEZ GARCIA

Sink and Mirror (1967), óleo sobre madeira, conservada no Museum of Fine Arts de Boston, é uma pintura que retrata uma cena rotineira e cotidiana de um dos ambientes de uma casa: o banheiro e, mais especificamente, a parte do espelho e da pia que dá nome à obra. Não há a presença humana nessa imagem, mas há rastros que apontam para uma provável presença que ali, recentemente, esteve. O sabonete em barra na pia, o copo com a pasta e a escova de dentes, o aparelho de barbear, o perfume e todos os demais objetos falam de algo que está ausente. O cotidiano é, sem dúvida, um ambiente e uma atmosfera privilegiados pela escrita de Calandrone, cuja opção para entrar nessa obra de López Garcia é seguir essa espécie de nesga que se abre sobre a realidade (uma janela sobre a realidade foi uma comparação feita por Leon Battista Alberti para falar da pintura). É, então, nesse limiar que arte e realidade se entrecruzam também na narrativa da poeta, que delineia, a partir do quadro, a cena de um crime. *Salvare Caino* [Salvar Caim] é o título desse seu texto que trata da superação do trauma de narcisismo na relação amorosa. Nada de reflexos na superfície, a observação atenta e cuidadosa e a escavação (desmontagem e montagem) dessa imagem colocam em operação a poeta.

Esta antologia reúne textos publicados de 2015 a 2019 e inclui ainda alguns inéditos na última seção. Desde o título, o termo *vida* é posto no centro do discurso, traço que é corroborado pelos nomes das cinco seções que retomam os títulos dos livros editados na Itália e que, agora, compõem este volume: "Série fóssil", "Os desaparecidos", "O bem moral", "O jardim da alegria" e "Horizonte dos eventos", num total de 30 poemas[2]. Considerando que a seleção dos poemas para esta publicação foi feita pela própria poeta, em setembro de 2020, o que chama a atenção é a imagem do fóssil, presente tanto no título da primeira seção quanto no do primeiro poema do livro. Aqui é interessante notar os misteriosos sinais, hieróglifos que fazem parte dos títulos dos poemas.

Os fósseis exercem, sem dúvida, um fascínio em quem os observa e tenta destrinchar seus contornos, suas formas petrificadas. Fósseis testemunhos, às vezes exóticos, de épocas mais ou menos remotas não deixam de estimular, por um lado, a nossa fantasia, e, por outro, de ajudar a entender um pouco da evolução da vida. De rastros microscópicos de organismos quase imperceptíveis a gigantescos ossários, eles são restos de organismos animal ou vegetal conservados nos estratos da crosta terrestre, mas que podem também ajudar na litogênese — ou seja, na própria composição

---

[2] Para a cronologia de suas obras ver a **NOTA BIOBIBLIOGRÁFICA** no final do livro.

das rochas. Fóssil ainda como a resiliência da vida diante da morte e até da própria vida. Fóssil é vida.

Calandrone é, sim, camaleônica, mas isso não significa que ela se esconda em diferentes peles ou disfarces. O adjetivo camaleônico, aqui, se refere à capacidade de lidar, de assumir, de se apropriar dos diferentes e variados registros que sua busca acolhe. De fato, sem deixar de dialogar com a tradição, de Dante Alighieri a Giovanni Pascoli, a Emily Dickinson, a Gottfried Benn, a Andrea Zanzotto, Amelia Rosselli, Alda Merini, até a mais recente com Milo de Angelis e Antonella Anedda, a investigação poética e antropológica de Calandrone é, para retomar uma expressão montaliana, "inclusiva"[3]. Um exemplo claro desse caráter inclusivo é o fato de seu livro de 2016, *Gli scomparsi — storie da "Chi l'ha visto?"*, retomado, aqui, na segunda seção, ter como ponto de partida o famoso programa de televisão "*Chi l'ha visto?*" [Quem o viu?]. Na nota final da edição italiana, Calandrone diz que o livro é dedicado a algumas vidas encontradas graças ao "museu dinâmico da tela da tv", meio em relação ao qual o "macaco nu que somos nutre sentimentos ainda experimentais". Na verdade, ela também está falando a si própria, com a necessidade de "coletar" o chamado daqueles que ficam para os que decidiram não retornar.

Aqui é preciso entender um pouco mais dessa constelação "MGC 1.9.6.4.", como ela mesma se autonomeia. Aos 4 anos de idade, à menina Maria Grazia é revelado pela própria Ione Calandrone que ela não é sua mãe natural, que ela foi adotada. A mãe natural (ver o

[3] De Giovanni Pascoli é preciso lembrar do livro *O menininho* (em itálico) publicado pela Rafael Copetti Editor em 2015 e de Andrea Zanzotto o importante volume *Primeiras paisagens*, publicado pela 7Letras em 2021.

poema "Foto 3x4"), Lucia Galante, no verão de 1965, deixa o bebê no parque de Villa Borghese em Roma, com um bilhete. O bebê é fruto de um adultério não aceito pela sociedade, por isso os pais, depois de fugirem juntos da cidade de onde moravam e passarem por Milão, chegam em Roma e decidem se suicidar no rio Tibre, mantendo em vida a pequena Maria Grazia, que será adotada por Giacomo Calandrone, voluntário na guerra civil espanhola e deputado do Partido Comunista, e sua esposa Ione Calandrone[4]. Fica, agora, ainda mais clara dimensão da palavra *vida* e o desdobramento que ela tem nos demais temas perseguidos pela poeta, que vão desde o tom do diário indicado pelas datas inseridas no final de uma boa parte dos textos, à reflexão sobre o amor, à figura central da mãe, à guerra de trincheira e Hiroshima, ao fenômeno da imigração ("essas mãos seguravam sua criatura no indiferenciado do mar"), ao feminicídio ("Camera Oscura", "Uma maceração compatível"), a cenas do cotidiano e a eventos que passam pelas páginas dos jornais e que muitas vezes permanecem ilegíveis e sem escuta. Uma poesia civil, sim, que não deixa de observar os fatos ao seu redor. Um olhar que não abdica da esfera mais íntima (um eu singular-plural) e nem daquela coletiva, confirmando o espaço da poesia civil e o desejo por uma ética que é sempre reafirmado.

Mas de que forma se dá essa escuta? É a própria Calandrone quem traz essa reflexão para dentro da poesia quando pensa o espaço do poeta, a princípio seguro e confortável que observa e fala de indivíduos que não possuem a mesma segurança e conforto. Na montagem poética de "estas mãos seguravam sua criatura sobre o

[4] É no romance autobiográfico *Brilha como vida* publicado em 2022, pela Relicário Edições, que Calandrone narra sua infância e adolescência e sua relação com a mãe adotiva.

indiferenciado do mar" — interessante aqui perceber a mudança de tom entre as duas partes da composição, em que Freud é mencionado, — ela problematiza o espaço do qual fala o poeta, com suas próprias contradições internas. As palavras de Calandrone, ao exporem tais contradições, não deixam de ser também um alerta:

> [...] o constrangimento de quem escreve, diante dos resultados da crueldade humana. Fico muito constrangida em fazer poesia a partir de todas essas criaturas tomadas pelo mar por culpa da pior parte da humanidade, que é aquela que observo e repudio. Em primeiro lugar, dentro de mim mesma, quando vejo seus rastros: no meu medo, na minha vontade de prevalecer, mas, sobretudo, na minha indiferença.
>
> E, então, me pergunto: das margens desse morto ocidente, sob o mais legível medo, talvez suba um rancor nosso, para com quem cultiva um sonho?

Um aspecto ressaltado em diferentes momentos nessa poesia, inclusive a partir dessa experiência pessoal, é a intensidade com a qual preconceitos e tabus podem agir em nossas vidas, como muitas mortes são mortes e homicídios sociais, ou nas palavras de Celan "a majestade do absurdo, que testemunha o que é humano". O texto escrito por ela para a edição italiana dos poemas de Nella Nobili é mais do que significativo dentro de toda essa constelação:

> Uma vida contém muitas vidas. Vidas potenciais, que se interromperam.
>
> Cada um contém muitas pessoas. Pessoas potenciais, que se interromperam: as pessoas que poderíamos nos

ter tornado, mas que o caso, ou a nossa vontade, pararam, antes que fossem reais.

Se tivemos sorte, fomos nós quem escolhemos não ser aqueles que mesmo assim podíamos ter sido.

Quem escreve poesia não tem como fugir do mundo, aliás está embrenhado dele, faz um trabalho de depuração, assimila certas linguagens diferentes e afasta outras. Ser poeta é, então, ter uma visão, voltar e lembrar continuamente de uma língua, sentir o choque e o atrito do presente. A poesia civil nasce desse atrito, desse choque, ela é, por si só, memória e gesto político. Calandrone é uma atenta observadora do comportamento humano, não descarta aquilo que ouve na televisão, em entrevistas e em jornais, não lhe interessa condenar, celebrar ou reduzir um evento (um crime), mas, sim, escavar, ir a fundo nas inúmeras camadas que o compõem para trazer à tona a complexidade — e até a indizibilidade — contida nas relações humanas.

As outras atividades de dramaturga e artista visual certamente contribuem para a plasticidade de seus poemas e de seus versos. Poemas curtos estão ao lado de poemas mais longos, que podem acolher e dar significados para os espaços em branco entre as palavras, em certos momentos pode-se até ter a sensação de se estar diante de diferentes planos e montagens. Há um lado, sim, experimental nessa poética. Plasticidade, inclusive, da própria linguagem que se concentra e se expande, explorando variações de registros, perfilando seu olhar indiciário e investigativo, enxertando no verso dados, fatos, números, que poderiam até remeter às páginas policiais dos jornais. Tudo isso encontra-se lado a lado com o som de uma oração, talvez uma ladainha pagã, para tratar da vida-morte, amor-desamor, violência-afeto, tons até elegíacos que não descartam a contaminação de certo vocabulário científico, médico-legal, para não falar dos inúmeros elementos da natureza (um bestiário amoroso).

Se a vida é um tema de questionamento e de investigação central, o outro lado dessa moeda, a morte (e suas ramificações) não é, absolutamente, esquecida. Morte da vida e Morte em vida, Calandrone se move muito bem nesses eixos. A simbologia da árvore se destaca nos poemas reunidos em *A vida inteira*, como se observa no fragmento da prosa poética "Cachos de pera com pequenas fissuras":

> Acho que com este magnífico sol frio a única coisa sensata a se fazer é argumentar ao redor das pequenas peras verdes, após ter observado com os dias seu estruturar-se e encorpar-se em formas que se apresentam, como é de costume, arredondadas embaixo (que é a direção da gravidade da terra) e alongadas em cima (que é por onde pendemos do galho).
>
> Cada pequena flor, se não cai pelo cansaço do galho — que consegue levar adiante somente os mais robustos entre seus próprios frutos — e se não é levada pelo vento — que origina uma vida semelhante a si mesma só pela matriz das sementes, enquanto da outra matéria orgânica produz diferentes espécies de larvas — lentamente suga e se traduz em fruto.
>
> [...]
>
> Mas às vezes, como vale para todos os outros frutos, pode acontecer que a brancura seja insidiada pela fome de um ser vivo. E a pera serenamente hospeda seu hóspede — que se nutre dela e da sua morte branca — assim como é, iluminada pela alegria do ridículo.

A voz de Calandrone, mesmo sendo lírica, não se fecha num eu lírico de tipo solipsista ou narcísico, mas olha a um só tempo para dentro e para fora, numa articulação muito singular que questiona o humano, o coloca em relação direta, horizontal e rizomática com o que está à sua volta. Essa posição de um eu para quem a experiência vivida é essencial busca compartilhar e chegar ao/à outro/a. Como disse Celan, o poema quer o outro: "precisa desse Outro, precisa de um parceiro [...] Cada coisa, cada pessoa é um poema que se dirige ao Outro, figura desse Outro". Esse gesto imbuído de outridade é explicitado inclusive em relação à própria língua:

> "As línguas não têm fronteiras, as fronteiras são somente políticas" "Existe uma língua invisível da qual todos pegamos" "Toda escrita é tradução de um mundo" "Eu atravesso as línguas que conheço em busca da língua universal". Esta é a verdadeira vanguarda, a verdadeira profecia para o futuro da espécie.

No final do percurso aqui proposto, quem tiver aceitado esse convite não terá nenhuma dúvida de por que Maria Grazia Calandrone e vai ficar na boca com um gostinho de quero mais.

Patricia Peterle
agosto de 2021

SERIE FOSSILE (2015) | SÉRIE FÓSSIL

© – fossile

metti una mano qui come una benda bianca, chiudimi gli occhi,
colma la soglia di benedizioni, dopo che
sei passata attraverso
l'oro verde dell'iride
come un'ape regale
e — pagliuzza
su pagliuzza,
d'oro e grano trebbiato —
hai fatto di me
il tuo favo di luce

una costellazione di api ruota sul tiglio
con saggezza inumana, un vorticare di intelligenze non si stacca
dall'albero del miele

— sarebbe riduttivo dire amore
questa necessità della natura —

mentre un vuoto anteriore rimargina
tra fiore e fiore senza lasciare traccia:

usa la bocca, sfilami dal cuore
il pungiglione d'oro,

© – fóssil

ponha uma mão aqui como uma venda branca, feche-me os olhos,
preencha o limiar de bênçãos, depois que
você passou no meio
do ouro verde da íris
como uma abelha régia
e — palha
sobre palha,
de ouro e grão debulhado —
você fez de mim
o seu favo de luz

uma constelação de abelhas ronda a tília
com sabedoria inumana, um redemoinhar de inteligências não larga
a árvore do mel

— seria redutivo dizer amor
essa exigência da natureza —

enquanto um vazio anterior cicatriza
entre flor e flor sem deixar rastro:

use a boca, me tire do coração
o ferrão dourado,

la memoria di un lampo che ha bruciato la mia forma umana
in una qualche preistoria

dove i pazzi accarezzano le pietre come fossero teste di bambini:

avvicinati, come la prima
tra le cose perdute
e quel volto si leva dalla pietra per sorridere ancora

24.5.13

a memória de um raio que queimou minha forma humana
em alguma pré-história

onde os loucos acariciam as pedras como se fossem cabeças de crianças:

chegue mais perto, como a primeira
entre as coisas perdidas
e aquele rosto se ergue da pedra para uma vez mais sorrir

24.5.13

Θ – per alba

l'anima mia è un dio umano,
un uccello d'altura

che ogni notte nidifica nel chiaro
del tuo petto
come un endecasillabo perfetto

(cosa) bianca e copiosa, ala
[sottile — rosa
e roveto, cenere — *parva*
tra stelle profuse,
bianco sangue
di spugna tubolare
nel bianco planetario, bianca tigre
seduta ai bordi della bianca strada senza dolore

l'anima mia cresce dalle tue ossa
come una rosa da una lingua viva
— a stille,
a emorragia
— dal tuo alfabeto
[inimmaginabile

Θ - pela aurora

a minha alma é um deus humano,
                                        um pássaro das alturas

que toda noite ninha no clarão
do seu peito
como um hendecassílabo perfeito

                                                (coisa) branca e copiosa, asa
                                                            [delgada — rosa
                                            e sarça, cinza — *miúda*
                                            entre estrelas profusas,
                                                            branco

sangue
de esponja tubular
no branco planetário, branca onça
sentada nas margens da branca estrada sem dor

a minha alma cresce dos seus ossos
como uma rosa de uma língua viva
                                            — em gotas,
                                                        em hemorragia
                                                        — do seu alfabeto
                                                            [inimaginável

ma è da questo corpo,
dalla sua silenziosa mietitura
che viene il verbo,
questo pane assoluto
che ti offro, questa bellezza
viva, fatta per te

6.6.13

mas é deste corpo,
de sua silenciosa ceifa
que vem o verbo,
este pão absoluto
que te ofereço, esta beleza
viva, feita para você

6.6.13

۞ – nihil umbra

quando pieghi la testa sulla spalla
esponi la parabola radiale
del collo
alla luce del pomeriggio estivo, che rimarca con oro
maturo l'evidenza dei tuoi fianchi

e le tue braccia,
vivide, nella calce
spirituale del sole
alto sul
[fosforo dell'erba,
scrivono in aria un verbo mai pensato, un alfabeto fatto per aprirsi
in questa cantica pomeridiana

nuda e semplice, accosti
l'impianto chimico delle mani
ai muscoli del petto, quasi al cuore
— e il corpo
aperto
cola albume, un segreto
comunicare d'astri,
liquido antrale dolce come un melo
in comune hai il sorriso, l'odore

۞ - nihil umbra

quando recosta a cabeça no ombro
você expõe a parábola radial
do pescoço
à clareza da tarde de verão, que destaca com ouro
maduro a evidência do seu quadril

e os seus braços,
                    vívidos, na cal
                                        espiritual do sol
                                                    alto no fósforo
                                                              [da relva,
grafam no ar um verbo nunca achado, um alfabeto feito para se abrir
aqui nesse cântico vespertino

nu e simples, você encosta
a estrutura química das mãos
nos peitorais, quase no coração
                                        — e o corpo
                                                  aberto

escorre albume, um secreto
comunicar de astros,
líquido antral doce como macieira
em comum você tem o sorriso, o cheiro

profondo, di alba
assoluta, miele vergine e latte
che monta
dal corpo vivo
dopo il silenzio della riproduzione

e gli adduttori fremono
come erba al vento

e rinasci segreta come il fiore del tiglio dove rinasco, ora che le radici
sotto di noi bevono il caldo della vita nuova

io che credevo di sapere tutto e non sapevo
niente di questo amore

sulla soglia, hai la luce
all'altezza del cuore, sposa
alba, fatta d'aria pulita, dici
con tutto il corpo *ecco, i morti non tornano*

più, io sono semplice come l'amore, io
sono presente

e limpida: evidente, viva come vita

15.9.13

forte, de aurora
absoluta, mel virgem e leite
que espuma
do corpo vivo
depois do silêncio da reprodução

e os adutores fremem
tal relva ao vento

e você renasce secreta tal a flor da tília onde renasço, agora que as raízes
abaixo de nós bebem o calor da vida nova

eu que acreditava saber tudo e não sabia
nada deste amor

no limiar, bate em ti a luz
na altura do coração, noiva
aurora, feita de ar limpo, você diz
com todo o corpo *ora, os mortos não voltam*

mais, eu sou simples como o amor, eu
estou presente

e límpida: evidente, viva como vida

15.9.13

ي - acconsente

vista frontale della cavalla: bruna, lucida, vigile. porta
il calco triangolare di un tallone
bianco al sommo del capo: uno schizzo lunare.

la bestia è nitida come la luna:
il rilievo del muso, la struttura
dei pettorali, la conca forte
dei lombi. una forma alla piena potenza, nera
in fondo alla strada del quartiere: ispeziona
l'erba, gli stenti cespi
di malva ai piedi del muretto
che asseconda la minima radura.

ruota, scalcia, s'impenna, posa a terra
le zampe anteriori, per slanciarsi al galoppo.
ricomincia, in maniera sintetica.
io mi volto, le giro le spalle. lei potrebbe
travolgermi, piuttosto
oltrepassarmi. cambiare direzione.
oh, lei non tradirà.

la sento scalpitare: imbizzarrita, incerta. sento la polvere strappata al suolo
dagli zoccoli, le scintille dei ferri

ي – consente

vista frontal da égua: escura, lúcida, ligada. traz
o decalque triangular de um calcanhar
branco em cima da fronte: um rabisco lunar.

a fera é nítida tal como a lua:
o relevo do focinho, a estrutura
dos peitorais, a concha forte
dos lombos. uma forma em plena potência, negra
ao fundo da rua do bairro: inspeciona
a relva, a escassa touça
de malva aos pés da mureta
que segue a fio a mínima clareira.

roda, dá coices, se ergue, põe no chão
as patas dianteiras, e inicia a galopar.
recomeça, de maneira sintética.
eu me viro, dou-lhe as costas. ela poderia
me atropelar, ou ainda
me ultrapassar. mudar de direção.
oh, ela não trairá.

ouço-a patear: assustada, incerta. ouço a poeira arrancada do chão
pelos cascos, as faíscas dos ferros

battuti sull'asfalto e l'aspersione di un sudore bianco come incenso.
l'animale è improvviso e improvvisa
la calma

con la quale si affianca
alla mia destra. sbuffando
prende il mio passo umano: per un tratto
camminiamo in silenzio. poi
allungo la mano, per sfiorare
la piramide muscolare
della sua guancia sotto l'occhio. caldo
del manto sotto le dita: corto, morbido, in pace.

giro la mia irrisoria testa umana e guardo da vicino
il suo occhio sinistro: nero,
rotondo e folle di dolcezza.

l'intero fianco della bestia cede,
piega le zampe
anteriori per lasciarmi salire
sul nudo della groppa: corpo
a corpo, senza sella. ecco
l'incastro:
lo strumento, la cosa. ecco la cosa fatta per andare.

8.10.13

batidos no asfalto e a aspersão de um suor branco como incenso.
o animal é improviso e improvisa
a calma

com a qual se achega
à minha direita. bufando
toma meu passo humano: por um trecho
andamos em silêncio. depois
estico a mão, pra tocar de leve
a pirâmide muscular
da sua face abaixo do olho. calor
do manto sob os dedos: curto, macio, em paz.

viro a minha irrisória fronte humana e olho de perto
seu olho esquerdo: preto,
redondo e louco de doçura.

o flanco inteiro da fera arria,
dobra as patas
dianteiras para me deixar subir
na nua garupa: corpo
a corpo, sem sela. aqui está
o encaixe:
o instrumento, a coisa. aqui está a coisa feita para se andar.

8.10.13

⛫ – età dell'oro

dico di quando, per la troppa gioia
d'essere amati, cadiamo
sulla terra *oh!, viva carne*
che perderai la voce
nel pianto, dico di quando
ispirati, noi costruiamo con martello e chiodi lo scenario
e il fossile di un angelo stacca
le ali dalla calce
dei muri, a fondoscena. dico di quando
io abbracciavo in te tutta la vita: la tua
e la mia, che brillavano unite da una gioia preistorica
nella notte, che accadeva da ovest
sulla campagna. dico di quando
tu ritornavi vergine per me
in una trasparente emorragia di luce — oh!, cosa
straordinaria
di natura ordinaria — oh!, vita
tutta intatta, tutta
disordinata, prima che l'amore
pulisca
tutto, all'indietro
tutto, la vita intera

9.10.13

⛲ – idade do ouro

falo de quando, por tanta alegria
de sermos amados, caímos
no chão *oh!, viva carne*
que vai perder a voz
no pranto, falo de quando
inspirados, nós construímos com martelo e pregos o cenário
e o fóssil de um anjo separa
as asas da cal
dos muros, na parte alta. falo de quando
eu abraçava em você a vida inteira: a sua
e a minha, que luziam unidas por uma alegria pré-histórica
na noite, que chegava pelo oeste
sobre a campina, falo de quando
você retornava virgem pra mim
numa transparente hemorragia de luz — oh!, coisa
extraordinária
de natureza ordinária — oh!, vida
toda intacta, toda
bagunçada, antes que o amor
limpe
tudo, para trás
tudo, a vida inteira

9.10.13

lettera immaginaria

dov'ero carne essa era avorio
PIER PAOLO PASOLINI

alba
di carne
tenra, stretta
nell'esoscheletro della Legge

nel tragico
mese di novembre
piangeva tutto

tienimi forte, fuori
dal limite umano

tienimi come una madre
che abbraccia in sogno

22.12.13

carta imaginária

onde eu era carne, ela era marfim
Pier Paolo Pasolini

madrugada
de tenra
carne, presa
no exoesqueleto da Lei

no trágico
mês de novembro
tudo chorava

me segura firme, fora
do limite humano

me segura como uma mãe
que abraça em sonho

22.12.13

giardino della gioia originaria

la tua carne nascente come una fiamma nella fiamma verde della
[campagna
io non credo ai miei occhi

vedo il bronzo dorato
del corpo che si accosta
io non credo ai miei occhi

estrai oro volatile
dal tuo petto capace di provare amore e mi dici tra i baci *è un*
[*miracolo*
io non credo ai miei occhi

tutta l'erba e l'intero profumo della campagna sono stupore

questo pane lasciato nell'erba è stupore e lo è la bottiglia che schiuma
[sui fiori

non ti asciughi la bocca
la tua bellezza è senza sbarramento

nel mio sangue c'è spazio senza dominio, e dal centro di tutta la vita
[mi zampilla un abbraccio grande come il mondo

jardim da alegria originária

a sua carne nascente como uma chama na chama verde da campina
não acredito em meus olhos

vejo o bronze dourado
do corpo que se achega
não acredito em meus olhos

você extrai ouro volátil
do seu peito capaz de experimentar amor e me diz entre beijos *é um*
[milagre
não acredito em meus olhos

toda a relva e o perfume inteiro da campina são estupor

este pão deixado na relva é estupor e o é a garrafa que espuma
[nas flores

você não seca a boca
a sua beleza é sem nenhum obstáculo

em meu sangue há espaço sem domínio, e do centro de toda a
[vida esguicha um abraço grande como o mundo

te l'avevo già detto
in città, ti ricordi? *guarda, il mondo è grandissimo, è il tuo amore che*
[si è fatto spazio

nuda a metà, l'asciugamano in spalla
cammini
con la carne rinata dai miei baci

con piedi da bambina
sali le scale,
sali a sentire dove comincia l'anima di una creatura viva

nel luogo cruciale
c'è un grande silenzio
e un ronzio di zanzare
l'oro delle tue labbra
la bianca oscillazione del tuo sangue

dal corpo amato affiora
un chiaro che trabocca,
tutto il corpo fa un suono di mare
come batte il tuo cuore
e nel mio sangue splende la stessa luce

ogni tanto ridiamo della mia pena
che non esistano parole più grandi

se io potessi aprirei il mio petto, ti ricordi?

já tinha dito pra você
na cidade, se lembra? *olha, o mundo é enorme, é o seu amor que abriu*
[espaço

nua pela metade, a toalha nos ombros
você anda
com a carne renascida dos meus beijos

com pés de menina
sobe as escadas,
sobe pra ouvir onde começa a alma de uma criatura viva

no lugar crucial
há um grande silêncio
e um zunido de mosquitos
o ouro de seus lábios
a branca oscilação do seu sangue

do corpo amado aflora
um clarão que transborda,
o corpo todo dá um som de mar
como bate o seu coração
e no meu sangue brilha a mesma luz

de vez em quando rimos da minha pena
de não existirem palavras maiores

se eu pudesse abrir meu peito, se lembra?

invento io le parole
invento tutto il mondo

per farti felice

poi, ti ho lasciata andare come volevi

non andare, dicevo, mi manca
cosa sono con te, questa cosa
capace, questo spazio assolato che diventa il tuo bene

non solo il muscolo provava sofferenza, ma tutta la zona
circostante doleva
e il silenzio raschiava come una lima e completava l'opera spontanea
[del dolore

quale eco, che luna, quale zolla, quale cratere, quale
fra le alte stelle della notte che hanno illuminato la tua bocca ancora
felice per l'amore, che pietoso pianeta
si è mosso a compassione? cosa ha avuto bontà?

il tuo corpo ancestrale ha rilasciato il suo corpo astrale

alba che oscilli sulle cose mortali quando si svegliano
come se non dovessero morire
questo è quanto conosco dell'amore: le ferite che impiegano anni a tornare
carne che vuole essere ancora benedetta dai baci, *non lasciarla mai sola*

9.7.14

eu é que invento as palavras
eu invento o mundo inteiro

para fazer você feliz

depois, deixei você ir como queria

não vai embora, eu dizia, me faz falta
o que eu sou com você, esta coisa
capaz, este espaço ensolarado que se torna seu bem

não somente o músculo que estava sofrendo, mas toda a área
circunstante doía
e o silêncio arranhava como uma lixa e completava a obra espontânea
[da dor

qual eco, que lua, qual torrão, qual cratera, qual
entre as altas estrelas da noite que iluminaram sua boca ainda
feliz pelo amor, que piedoso planeta
mostrou sua compaixão? o que teve bondade?

o seu corpo ancestral liberou seu próprio corpo astral

madrugada que oscila sobre as coisas mortais quando acordam
como se não tivessem que morrer
isto é o que conheço do amor: as feridas que levam anos para voltar a ser
carne que ainda quer ser abençoada por beijos, *nunca a deixe sozinha*

9.7.14

Ÿ - albero, fossile

verrai nutrita
a lungo, avanti
nel tempo della vita, dai frutti
di un melo preistorico. in un futuro aprile, t'innalzerai
con la spina dorsale spinta
da una linfa nuova,
ricorderai la dolcezza dell'albero che non voleva morire e ributtava
[e rifioriva, ogni volta
che lo tagliavi. girerai indietro
la testa, allungherai la mano, la bella mano che con tale dolcezza
[accarezzava
i rami aperti del melo
e mangerai. allora tornerò nella tua bocca con la leggerezza della
[luce. e ancora,
al calor bianco del nostro tempo estivo, mangerai
la mela che ha pescato
al fondo del tempo, il frutto rosso e gonfio
come un'arteria, che scorre
dalla mia vita alla tua vita,
ma lontano, ma sotto, là dove non arriva la ragione,
nei luoghi inarrestabili. dimentica
l'albero. non pensare più a niente, soffiami via. che resti solo vita per
[la tua vita,

24.8.14

Ÿ - árvore, fóssil

você será nutrida
por muito tempo, no
decorrer da vida, pelos frutos
de uma macieira pré-histórica. num futuro abril, se levantará
com a espinha dorsal impelida
por uma nova linfa,
se lembrará da doçura da árvore que não queria morrer e rebrotava
[e refloresceia, toda vez
que você a cortava. virará para trás
a cabeça, esticará a mão, a bela mão que com tamanha doçura
[acariciava
os ramos da macieira
e comerá. então voltarei à sua boca com a leveza da luz. e ainda,
no ardor branco do nosso tempo estivo, comerá
a maçã que pescou
no fundo do tempo, o fruto rubro e cheio
como uma artéria, que escorre
da minha vida para sua vida,
mas longe, mas debaixo, lá onde não chega a razão,
em terras irrefreáveis. esqueça
a árvore. não pense em mais nada, sopre-me embora. que fique
[apenas vida para sua vida,

24.8.14

GLI SCOMPARSI (2016) | OS DESAPARECIDOS

non avrai che la vita

Le scarpe non vennero ritrovate.
Ma la luce batteva coitale sul corpo della ragazza
cristallizzato nella testimonianza.
Tra gli occhi e il ventre
tracce di lavatoio — un percorso a ritroso per stabilire gli alibi.
Il portone risultò chiuso con molte mandate.

Ardeva come un'ostia nella materia
lacrimale del tardo pomeriggio — con il capo impigliato tra gli arbusti
e la pervicace ripetizione dei giri. Per cause sconosciute
non ha potuto compiere i suoi anni
qualsiasi funzione avessero singolarmente ma un immobile
addio alla bellezza del mondo
riscaldava la fibra che resiste
grido di gioia del corpo senza dolore.

você só terá a vida

Os sapatos não foram encontrados.
Mas a luz incidia coital sobre o corpo da garota
cristalizado no testemunho.
Entre os olhos e o ventre
rastros de lavadouro — um percurso ao contrário pra determinar
[os álibis.
O portão estava fechado com muitos giros de chave.

Ardia como uma hóstia na matéria
lacrimal do finalzinho da tarde — com a cabeça presa nos arbustos
e a obstinada repetição das voltas. Por causas desconhecidas
ela não pôde completar seus anos
quaisquer que fossem suas funções individuais, mas um imóvel
adeus à beleza do mundo
esquentava a fibra que resiste
grito de alegria do corpo sem dor.

deposto il nome

Diceva sempre
ditele che la amo
e ditele che ho fatto tanta strada
per amarla.

Ditele che se uscivano
angeli e diavoli dalla sua bocca,
io vedevo soltanto la sua bocca.

Ditele che mi abita
per sempre.
Diteglielo, vi prego. Diceva sempre.

30 aprile 2016

deposto o nome

Dizia sempre
Digam-lhe que a amo
e digam-lhe que muito caminhei
para amá-la.

Digam-lhe que se saíam
mil anjos e demônios da sua boca,
eu aí somente via a sua boca.

Digam-lhe que me habita
para sempre.
Digam-lhe isso, por favor. Dizia sempre.

30 de abril de 2016

IL BENE MORALE (2017) |
O BEM MORAL

grappoli di pere con piccoli spacchi

Penso che con questo magnifico sole freddo l'unica cosa ragionevole da fare sia argomentare intorno a piccole pere verdi, dopo averne osservato nei giorni lo strutturarsi e il gonfiarsi in forme che si presentano, come di consueto, tondeggianti in basso (che è verso la gravità della terra) e allungate verso la cima (che è dove pendiamo dal ramo).

Ogni piccolo fiore, se non cade per la stanchezza del ramo — che riesce a portare a compimento solo i più robusti tra i propri frutti — e se non viene trascinato dal vento sulla terra — che origina una vita simile a se stessa solo dalla matrice dei semi, mentre dall'altra materia organica produce differenti specie di larve — asciuga lentamente e si traduce in frutto.

La buccia — fredda,

liscia e lucente — a volte cede alla secchezza dell'aria invernale e si forma uno spacco — i bordi del quale anneriscono con il trascorrere dei giorni e delle notti a causa dell'ossidazione del ferro contenuto nella polpa.

Osservando nella ferita

si rivela il vivo della polpa, granulare e bianca come la traccia dei morti.

cachos de peras com pequenas fissuras

Acho que com este magnífico sol frio a única coisa sensata a fazer é argumentar acerca das pequenas peras verdes, após ter observado com os dias seu estruturar-se e encorpar-se em formas que se apresentam, como é de costume, arredondadas embaixo (que é a direção da gravidade da terra) e alongadas em cima (que é por onde pendemos do galho).

Cada pequena flor, se não cair pelo cansaço do galho — que consegue levar a cabo somente os mais robustos entre seus próprios frutos — e se não for arrastada pelo vento para o chão — que origina uma vida parecida consigo mesma só pela matriz das sementes, enquanto da outra matéria orgânica produz diferentes espécies de larvas — lentamente seca e se traduz em fruto.

A casca — fria,

lisa e reluzente — às vezes cede à secura do ar no inverno e se forma uma fissura — cujas bordas escurecem com o passar dos dias e das noites devido à oxidação do ferro contido na polpa.

Observando se revela

na ferida a parte viva da polpa, granular e branca como o rastro dos mortos.

Na pera há um coração muito branco, que na realidade remete à nossa morte

Nella pera c'è un cuore molto bianco, che in realtà rimanda alla nostra morte

e allo splendore (conseguenza del male che lo precedette e che è anche già stato

lavorato

— ma tu sei giovane e hai ancora tempo da perdere col dolore

— oh, vorrei anch'io subire ancora l'offesa della giovinezza!)

Intorno a questa traccia c'è la ruggine, che possiamo considerare come la parte del corpo vivo che ha reagito all'aria, come la scia emorragica del passaggio tra regno (dei vivi) e regno (dei morti).

Raramente, infatti, passiamo intatti dall'essere una pera liscia e impassibile a essere una pera parlante, cioè dotata di ferita aperta.

Tutto quello che possiamo immaginare avvenga al di là dei sensi nella formazione della pera, esorta a una serena pulizia dello sguardo, esorta a eliminare il superfluo e le scorie, mentre si forma l'agglomerato dolce che diciamo frutto.

Ma alle volte, come vale per tutti gli altri frutti, avviene che il biancore sia insidiato dalla fame di un essere vivente. E la pera serenamente ospita il suo ospite — che si nutre di lei e della sua bianca morte — così com'è, illuminata dalla gioia del ridicolo.

Roma, 9 novembre 2009

e ao esplendor (consequência do mal que o antecedeu e que também já foi

trabalhado

— mas você é jovem e ainda tem tempo a perder com a dor

— oh, eu também queria sofrer ainda a ofensa da juventude!)

Ao redor desse rastro há a ferrugem, que podemos considerar como a parte do corpo vivo que reagiu ao ar, como rastro hemorrágico da passagem entre reino (dos vivos) e reino (dos mortos).

Raramente, de fato, passamos intactos do ser uma pera lisa e impassível ao ser uma pera falante, ou seja, dotada de ferida aberta.

Tudo aquilo que podemos imaginar acontecer para além dos sentidos na formação da pera exorta a uma serena limpeza do olhar, exorta à eliminação do supérfluo e das escorias, enquanto se forma o aglomerado doce que chamamos fruto.

Mas, às vezes, como vale para todos os outros frutos, acontece que a brancura seja insidiada pela fome de um ser vivo. E a pera serenamente hospeda seu hóspede — que se nutre dela e da sua morte branca — assim como ela é, iluminada pela alegria do ridículo.

Roma 9 de novembro de 2009

queste mani tenevano la loro creatura sopra l'indifferenziato del mare

Secondo il più recente rilevamento sugli arrivi via mare in Europa, reso noto dall'Organizzazione internazionale delle migrazioni (Oim), il numero di rifugiati e migranti che, dall'inizio del 2016, ha attraversato il Mar Mediterraneo per sbarcare in Europa ha ormai raggiunto quota 288.005. Tra questi, 121.155 sono arrivati in Italia e circa 164.146 in Grecia. Il numero di morti e dispersi in mare è stimato in 3.171. I dati sono aggiornati al 4 settembre 2016.

Un poeta è profondamente coinvolto con le cose del mondo. Il suo compito è mantenere la memoria della comunità umana. Il suo compito è ricordare la grandezza possibile della nostra persona. "Quando entrano in gioco le pulsioni di auto-conservazione dell'io, il principio del piacere viene sostituito dal principio della realtà. Quest'ultimo [...] mette in atto la temporanea sopportazione del dispiacere, come tappa nel lungo e contorto cammino verso il piacere." (Freud) Il temporaneo dispiacere è vedere le cose come stanno, cioè che siamo creature sofferenti, crudeli e sole in misura variabile. Il massimo piacere, l'utopia del piacere, è la circolazione fluida dell'amore umano. Per ciò abbiamo inventato il paradiso.

Dato l'assunto che il poeta conservi in sé la memoria e lo slancio sufficienti per risuscitare anche negli animi più disillusi e oppressi il desiderio e il coraggio di sperare in una "comunità umana",

estas mãos seguravam sua criatura sobre o indiferenciado do mar

Segundo o mais recente levantamento sobre as chegadas via mar na Europa, divulgado pela Organização Internacional para as Migrações (Oim), o número de refugiados e migrantes que, desde o início de 2016, atravessou o Mar Mediterrâneo para desembarcar na Europa já atingiu a cota de 288.005. Entre eles, 121.155 chegaram na Itália e cerca de 164.146 na Grécia. O número de mortos e dispersos no mar é estimado em 3.171. Os dados são atualizados até 4 de setembro de 2016.

Um poeta encontra-se profundamente envolvido com as coisas do mundo. Sua tarefa é manter a memória da comunidade humana. Sua tarefa é lembrar a grandeza possível da nossa pessoa. "Quando entram em jogo as pulsões de autoconservação do eu, o princípio do prazer é substituído pelo princípio da realidade. Este último [...] coloca em ação a temporária suportação do desprazer, como etapa no longo e tortuoso caminho rumo ao prazer" (Freud). O temporário desprazer é ver as coisas como estão, ou seja, que somos criaturas sofredoras, cruéis e sós em medida variável. O máximo prazer, a utopia do prazer, é a circulação fluída do amor humano. Por isso, inventamos o paraíso.

Posta a questão de que o poeta conserva em si a memória e o impulso suficientes para ressuscitar também nos ânimos mais desiludidos e oprimidos o desejo e a coragem de esperar por uma "comunidade

possiamo dire che la poesia risusciti l'utopia del piacere. E che, per ciò, sia la spina nel fianco, che ci ricorda come vorremmo che le cose fossero. Oltre il più quotidiano disincanto. Per ciò viene pensata tanto distante dalla faccenda umana: guardata con sospetto e rifiutata, perché riguarda il nostro sogno più alto e troppo pericolosamente amato, è il "seme fecondo e disperato" di De Angelis, incarna la nostra paura di illuderci come bambini. Per fortuna i poeti sono vivi, abitualmente adulti, e fanno le cose.

Questa *excusatio non petita* mi pare una premessa doverosa, che, mentre cerca di oltrepassarlo, documenta l'imbarazzo di chi scrive, di fronte ai risultati della crudeltà umana. Provo molto imbarazzo a fare poesia su tutte queste creature prese dal mare per colpa della parte peggiore dell'umanità, che è quella che osservo e ripudio. In primo luogo, dentro me stessa, quando la rintraccio: nella mia paura, nella mia volontà di prevalere, ma soprattutto nella mia indifferenza.

E allora, mi domando: dalle sponde di questo morto occidente, sotto la più leggibile paura, sale forse un rancore nostro, nei confronti di chi coltiva un sogno?

davanti al mare è questo orfanotrofio
senza utopia, la forza armata

di questa inespugnabile infelicità
che non ha più nessuno da aspettare
e invidia la vita

humana", podemos dizer que a poesia ressuscita a utopia do prazer. E que, por isso, é a pedra no sapato que nos lembra como gostaríamos que as coisas fossem. Para além do mais cotidiano desencanto. Por isso ela é pensada tão distante das coisas humanas: olhada sob suspeita e rechaçada, porque diz respeito ao nosso sonho mais alto e perigosamente amado demais, é a "semente fecunda e desesperada" de De Angelis[5], encarna nosso medo de nos iludirmos como crianças. Por sorte, os poetas estão vivos, habitualmente adultos, e fazem coisas.

Esta *excusatio non petita* parece-me uma premissa devida, que, enquanto busca superar, documenta o constrangimento de quem escreve, diante dos resultados da crueldade humana. Fico muito constrangida em fazer poesia sobre todas essas criaturas tomadas pelo mar por culpa da pior parte da humanidade, que é aquela que observo e repudio. Em primeiro lugar, dentro de mim mesma, quando vejo seus rastros: no meu medo, na minha vontade de prevalecer, mas, sobretudo, na minha indiferença.

E, então, me pergunto: das margens desse morto ocidente, sob o mais legível medo, talvez suba um nosso rancor, para com quem cultiva um sonho?

diante do mar está esse orfanato
sem utopia, a força armada

dessa inexpugnável infelicidade
que não tem mais ninguém para esperar
e inveja a vida

[5] Referência ao poeta Milo de Angelis (Milão, 1951) [N.T.]

siamo noi gli ignavi, abbiamo vite
armate
per non riconoscere la nostra paura nella paura
degli altri, il nostro
respiro nel respiro
degli altri — il singolo respiro
nella massa di quel respiro umano che si gonfia e non basta
a fermare l'ondata

immagina che sia tua
la vita che chiede asilo

immaginiamo che sia nostra
la disperata utopia
di questo gigantesco
voler rinascere

immaginiamo siano i nostri corpi
questi corpi lasciati
a cadere nell'indifferenziato come orfani

l'assoluto abbandono della nascita di un orfano è senz'altro paragonabile all'abbandono nel quale è gettata ognuna di queste vite che chiede di rinascere

quando sono i figli a morire, non esiste nemmeno la parola per dirlo. anche la liturgia, in quei rari, emblematici casi, si avvale di perifrasi : *O Maria cum filio tuo mortuo…*

somos nós os ignavos, temos vidas
armadas
por não reconhecermos nosso medo no medo
dos outros, nosso
respiro no respiro
dos outros — cada respiro
na massa daquele respiro humano que incha e não basta
para deter a onda

imagine que seja a sua
a vida que pede asilo

imaginemos que seja nossa
a desesperada utopia
desse gigantesco
querer renascer

imaginemos serem os nossos corpos
esses corpos deixados
cair no indiferenciado como órfãos

o absoluto abandono do nascimento de um órfão é sem dúvida comparável ao abandono no qual é jogada cada uma dessas vidas que pede para renascer

quando são os filhos que morrem, nem sequer existe a palavra para dizê-lo. também a liturgia,
nesses raros, emblemáticos casos, se vale de perífrases: *O Maria cum filio tuo mortuo...*

biancore sovraumano di legno morto
— figlio mio
fatto di carne
umana
combustibile,
marcescibile
figlio mio

nel bruciare
del sale, riconosco il tuo odore di selva
e di laboratorio solare, quel profumo sensibile di pelle fresca e cotone
lavato — poi
per un attimo, riconosco lo sguardo dei tuoi occhi
che ho portato con me, in questa vita
che non arriva più

Roma, 24 giugno 2016

brancura sobre-humana de pau morto
— meu filho
feito de carne
humana
combustível,
putrescível
meu filho

no queimar
do sal, reconheço o seu cheiro de selva
e de laboratório solar, nesse perfume sensível de pele fresca e algodão
lavado — depois
por um instante, reconheço o olhar dos seus olhos
que trouxe comigo, nesta vida
que não chega mais

Roma, 24 de junho de 2016

davanti al morto

Sei la cosa più nuda della terra e insieme
la più indecifrabile.
Rilevo le tue tracce. L'abside delle orbite. Il catino pieno
di un male che passa
le dimensioni. Evidenzio
le reazioni del sangue affiorato
durante un'ascensione ora
ferma. Porpora, ocra, fasce
cremisi sottopelle. La vibrazione
lasciata a metà
sotto lo zigomo destro. Ma
compiuta, come certi pallori
dove insisteva l'osso scapolare.

Riconosco la tua perfezione.
Il peccato di superbia della fine. Ti riconosco
atto del futuro. Una pre
cognizione perfetta.

Esamino il tuo volto. Più nessuna tendenza.
L'altare immacolato della fronte alla fine
del pensiero. Richiuso. Esamino che corpo viene dopo
la tendenza a rinascere. Evidenzio che pure

diante do morto

Você é a coisa mais nua da terra e ao mesmo tempo
a mais indecifrável.
Detecto os seus rastros. A abside das órbitas. A bacia cheia
de um mal que passa
das dimensões. Evidencio
as reações do sangue aflorado
durante uma ascensão agora
parada. Púrpura, ocre, tiras
carmim sob a pele. A vibração
deixada pela metade
sob o zigoma direito. Mas
realizada, como certa palidez
onde insistia o osso escapular.

Reconheço a sua perfeição.
O pecado de soberba do fim. Reconheço você
ato do futuro. Uma pré
cognição perfeita.

Examino o seu rosto. Mais nenhuma tendência.
O altar imaculado da fronte no fim
do pensamento. Fechado. Examino que corpo vem depois
da tendência a renascer. Evidencio que ainda

rinascerai. Richiuso. Puro suono di cosa che si disfa. Pura
dissipazione. Una lanugine bianca
sulle corde. Le muffe
nelle pieghe vocali,
il calcagno bagnato di un'erba azzurrina
e la pace maggiore
nel guscio del cranio. Tutta la tua tendenza a dimenticare
ora
in atto. Evidenzio che tutto è diventato gioia
e tu
sei diventato la gioia
che volevi, quel non andarsene più.

Sei orazione infinita. Masso
calcareo. Solo la fine che ora sei. Solo la fine
è infinita. Solo la maschera della solitudine. Richiuso
il cerchio elementare
del serpente della separazione.

Così mi dissipo in tutti quelli che sono.

Roma, 8 agosto 2011

vai renascer. Fechado. Puro som de coisa que se desfaz. Pura
dissipação. Uma lanugem branca
sobre as cordas. Os mofos
nas dobras vocais,
o calcanhar molhado de uma erva azulzinha
e a paz maior
no casco do crânio. Toda a sua tendência a esquecer
agora
em ação. Evidencio que tudo se tornou alegria
e você
se tornou a alegria
que queria, aquele não mais ir embora.

Você é oração infinita. Bloco
calcário. Só o fim que agora é. Só o fim
é infinito. Só a máscara da solidão. Fechado
o círculo elementar
da serpente da separação.

Dissipo-me assim em todos aqueles que sou.

Roma, 8 de agosto de 2011

*

come sono operose le creature,
con che attenzione passano i pennelli
sulle assi di legno

eppure sanno di dover morire

ma ora
fanno
        e facendo
        dimenticano

e sono dèi davvero, veramente immortali, in questa svolta di sole sulla prima verdissima erba di aprile
questi quattro ragazzi col pennello e l'odore di fresco e di vernice,
la birra nella tasca dei calzoni, il berretto a sghimbescio e il sorriso che dice io sono vivo, io in questo momento

sono vivo per sempre

Roma, 4 aprile 2016

*

como são laboriosas as criaturas,
com quanta atenção passam os pincéis
nas pranchas de madeira

no entanto sabem que devem morrer

mas agora
fazem
          e fazendo
          esquecem

e são realmente deuses, deveras imortais, nessa guinada do sol na
    primeira verdíssima relva de abril
estes quatro meninos com o pincel e o cheiro de frescor e de tinta,
a cerveja no bolso das calças, o boné de lado e o sorriso que
    diz eu estou vivo, eu neste momento

estou vivo pra sempre

Roma, 4 de abril de 2016

da Lo stupore di cui eravamo fatti

1.
verbo

originariamente la parola
aiutò una delle diverse specie preumane a formare piccole società
[e a orientarsi nel mondo:

fu un gesto di compassione che agiva sulla biologia
fissando nella laringe di una specie due bianche pliche vocali

originariamente la parola
fu un gesto morale della biologia

nel punto dove la scimmia si è staccata dall'albero non c'è sangue
né dolore
ma l'impronta morale di una parola

2.
elevazione

vedo una prevalenza di grano e gioia
e un commosso desiderio di vivere

de O estupor de que éramos feitos

1.
verbo

originariamente a palavra
ajudou uma das muitas espécies pré-humanas a formar pequenas
[sociedades e a se orientar no mundo:

foi um gesto de compaixão que agia sobre a biologia
fixando na laringe de uma espécie duas brancas pregas vocais

originariamente a palavra
foi um gesto moral da biologia

no ponto em que o macaco se separou da árvore não há sangue
nem dor
mas a pegada moral de uma palavra

2.
elevação

vejo uma prevalência de grão e alegria
e um comovido desejo de vida

nella carne che pascola
tra grandi rettili
al fondo del cratere
o sta a galla sui posatoi del cielo
con veli di calcare
sulla pagina inferiore delle ali

certe figure carponi
assumono la posizione eretta per vedere il pericolo oltre l'erba alta

certe altre figure meno superbe
certi tranquilli animali bianchi
simili a capre, continuano a ruminare
e la natura li lavora dentro come il sangue terrestre lavora
le vene del marmo. mentre appaiono
distratti, essi comunicano attraverso il sangue

la loro obbedienza consiste
nell'appartenenza alla neve
che esalta il sapore del sangue

quelli che si alzano in piedi nella preistoria saranno
umani: snaturati e avulsi
essi sono la specie
conscia del tempo
che urge fuori dall'erba

na carne que apascenta
entre grandes répteis
no fundo da cratera
ou que boia nos poleiros do céu
com mantos de calcário
na página inferior das asas

umas figuras de quatro
se colocam em posição ereta para ver o perigo além do mato alto

outras figuras menos arrogantes
outros tranquilos animais brancos
parecidos com cabras, seguem ruminando
e a natureza os trabalha por dentro como o sangue terrestre trabalha
as veias do mármore. enquanto aparecem
distraídos, eles comunicam por meio do sangue

sua própria obediência consiste
em seu pertencimento à neve
exaltando o sabor do sangue

os que se levantam de pé na pré-história serão
humanos: desnaturados e avulsos
eles são a espécie
ciente do tempo
que urge fora da relva

vedo quanto somigliavamo alla terra. poi
alle capre. infine
eccoci storia, eccoci tempo

e crimine

3.
crimine

io vedo sollevarsi la mia specie e vedo sollevarsi
la scheggia d'osso
mentre una vibrazione diversa
dalla parola trema dentro la mano di quello
che la solleva
e la vibra: la prima idea di crimine
un nuovo bivio della specie
tra bene e male

staccati come figurine di fango
dal fondo secco della terra

dopo,

nella storia, saremo
le uniche creature
affette da un disturbo
di specie: eliminare i simili

vejo o quanto parecíamos com a terra. depois
com as cabras. enfim
eis-nos aqui história, eis-nos aqui tempo

e crime

3.
crime

eu vejo se erguer a minha espécie e vejo se erguer
a lasca de osso
enquanto uma vibração diferente
da palavra treme dentro da mão daquele
que a ergue
e a vibra: a primeira ideia de crime
nova encruzilhada da espécie
entre bem e mal

separados como figurinhas de lama
do fundo seco da terra

depois,

na história, seremos
as únicas criaturas
que sofrem de um distúrbio
de espécie: eliminar os semelhantes

a causa di astrazioni,
contravvenire alla nostra origine

[...]

10.
scimmia lunare

la poesia non è che questo
rimbalzare del suono tra angoli bianchi
di crateri preistorici — un vuoto calcinato avvitato al fondo
dell'orecchio umano
come pelle con osso

il cantiere è la vita, l'oro della pazzia, tutta l'umana gioia

il poeta è la scimmia lunare. il suo corpo
non è mai solo: traslocato
dal favo fiottante
della parola nella cella vuota
della parola, il suo corpo
prende in sé
— fisicamente tra i suoi occhi divisi —
il centro della terra, metallo liquido
composto
dalla pena e dalla gioia
di tutti

por causa de abstrações,
contravir à nossa origem

[...]

10.
macaco lunar

a poesia não é senão isso
ricocheteio do som entre ângulos brancos
de crateras pré-históricas — um vazio rebocado enroscado no fundo
do ouvido humano
como pele com osso

o canteiro é a vida, o ouro da loucura, toda a alegria humana

o poeta é o macaco lunar. o seu corpo
não está nunca só: transportado
pelo favo jorrante
da palavra na cela vazia
da palavra, o seu corpo
toma em si
— fisicamente entre seus olhos separados —
o centro da terra, líquido metal
composto
pela pena e a alegria
de todos

egli sa solo trasformare in canto
il sangue della specie

sebbene il suo corpo sia una comune
entità chiusa, in trasparenza la sua massa risulta
sciolta all'interno per un fenomeno di combustione
mentre attinge
alla lingua comune
della specie, a quella lingua in allontanamento
come un arcobaleno lunare
che risorge dai luoghi dell'origine,
dove la lingua serve a stare insieme
per dire le cose, è solo
compassione

Roma, 22-24 novembre 2012

ele só sabe transformar em canto
o sangue da espécie

embora seu corpo seja uma comum
entidade fechada, em transparência sua massa aparece
derretida por dentro por um fenômeno de combustão
enquanto chega
à língua comum
da espécie, àquela língua que vai se afastando,
como um arco-íris lunar
que ressurge dos lugares da origem,
onde a língua serve para ficar juntos
para dizer as coisas, é só
compaixão

Roma, 22-24 de novembro de 2012

canzone

Canto perché ritorni
quando canto
canto perché attraversi tutti i giorni
miglia di solitudine
per asciugarmi il pianto.

Ma ho vergogna di chiederti tanto
e smetto il canto.

Canto e sono leggero
come un fiore di tiglio
canto e siedo davvero
dove mi meraviglio:

all'inizio del mondo

c'è l'ombra bianca delle prime rose
che non sono più amare
perché canto e ti vedo tornare
come tornano a riva le cose:
senza passato,
con il petto lavato
dal mare.

canção

Canto para que regresse
quando canto
canto pra que atravesse todo o dia
milhas de solidão
pra secar meu pranto.

Mas me envergonho de tanto pedir
e paro o canto.

Canto e leve é a mente
como uma flor de tília
canto e sento realmente
lá onde é a maravilha:

no início do mundo

há a alva sombra das primeiras rosas
não mais boas pra amargar
porque canto e te vejo voltar
como voltam pra costa as coisas:
sem passado,
com o peito lavado
pelo mar.

Ecco!,

sali le scale come un ragazzino
che scrolla dalle ciglia una corona di sale,
dà due beccate d'indice
alla porta, s'inginocchia
in fretta, in fretta
dice: "Vieni!,
ti porto al mare" e mi sorride, dalla sua statura
di nevischio e di rose, dalla sua garza d'anima salvata
dalle piccole cose.

Dalla sua bocca bianca ride il mondo
e ridono le cose
trasparenti del cielo
se, girandosi appena
per pudore, dice: "Lo vedi, non ho più paura"

come parlando a un'ombra evaporata
nell'innocenza

calma delle ginestre, a un fiatare di rose
andato via per le finestre
aperte
fino alle fondamenta.

Così mi lasci nell'aperto privo
di peso. E allora canto
lo stare seduti

Isso!,

você sobe as escadas tal um menino
que tira dos cílios uma coroa de sal,
dá duas bicadas com o dedo
na porta, se ajoelha
depressa, depressa
diz: "Venha!,
te levo à praia" e sorri pra mim, de sua altura
de neve e de rosas, de sua garça de alma posta a salvo
das pequenas coisas.

Pela sua boca alva ri o mundo
e também riem as coisas
transparentes do céu
se, apenas se virando
por pudor, diz: "Você vê, eu não tenho mais medo"

como falando a uma sombra esvaída
na inocência

serena das giestas, a um respiro de rosas
ido embora pelas janelas
abertas
até as fundações.

Você assim me deixa no ar desprovido
de peso. E então eu canto
o estar sentados

nel vivo, tutto l'amore privo,
che non smetta

la presenza perfetta
di chi non pesa

ma è senza volontà, senza maceria, senza l'avvenimento
della materia

è solo polvere che tende alla luce.

Roma, 30 settembre 2010

no que é vivido, todo o amor desprovido,
que não comprometa

a presença perfeita
de quem não pesa

mas é sem vontade, sem destroço, sem o acontecimento
da substância.

é somente poeira que tende à luz.

Roma, 30 de setembro 2010

GIARDINO DELLA GIOIA (2019 - 2020) | JARDIM DA ALEGRIA

giardino della gioia

ogni cosa che ho visto di te, te la restituisco amata

tutta la vita è stata un esercizio per tornare
al tuo corpo
caldo come la terra

eppure scrivo della solitudine

di cocci d'osso
in conche di sabbia
scavate
con gli occhi delle scimmie che cercano riparo

corpi come scodelle rovesciate
i catini del cranio colmi di cielo

*

profumavi di vino e di spiga matura, di casa
con la finestra aperta sulla collina arata

soprattutto al mattino

sfolgoravi alla luce
come acqua gettata sulle braci

la tua voce era nuda come acqua

jardim da alegria

tudo o que vi de você, te devolvo, amado

toda a vida foi um exercício para voltar
ao seu corpo
quente como a terra

no entanto, escrevo sobre a solidão

de cacos de osso
em conchas de areia
escavadas
com olhos de macacos que procuram abrigo

corpos como tigelas reviradas
as bacias do crânio repletas de céu

*

você cheirava a vinho e à espiga madura, a casa
com a janela aberta para a colina arada

ainda mais de manhã

reluzia sob a luz
como água jogada sobre as brasas

a sua voz era nua como água

*

riconosco dal passo l'animale
che è stato vivo e non ha più riparo

*

a volte mi abbracciavi
come si cerchiano i palazzi
quando si crepano

e la casa era piena del sibilo della corrente industriale e del tuo odore
di tiglio e di marina
ventilata

* [...]

dopo il distacco di una stella madre l'universo
si volta
con il bagliore bianco degli occhi di una bestia

*

è per questo
raggio di sole sulle stoviglie
per la quieta solitudine
delle cose
e per il luminoso stare
delle cose in se stesse

*

reconheço pelo passo o animal
que foi vivo e não tem mais abrigo

*

às vezes você me abraçava
como os prédios cercados
quando racham

e a casa estava cheia do sibilo da corrente industrial e do seu cheiro
de tília e de marinha
ventilada

* [...]

depois da separação de uma estrela-mãe o universo
se vira
com o fulgor branco dos olhos de uma fera

*

é por esse
raio de sol sobre as louças
pela calma solidão
das coisas
e pelo luminoso estar
das coisas em si mesmas

che rimaniamo vivi

*

c'è stato un tempo
nel quale desideravo la mia salvezza

camminavi sul bianco della ghiaia
mentre il sole calava dietro i lecci
e il mondo non finiva mai di esistere

io ti desideravo con onestà
come si desidera il bene

* [...]

le cose forti
sono mobili e nude

io sono cenere che canta il tuo nome

*

il corpo nudo, il corpo umano, il sesso

una rosa
è la rosa di tutte le rose

la rosa contraddetta
dalle abitudini della vita reale

que continuamos vivos

*

houve um tempo
em que desejei minha salvação

você andava no branco do cascalho
enquanto o sol se punha atrás dos olmos
e o mundo não acabava de existir

eu te desejava com honestidade
como se deseja o bem

* [...]

as coisas fortes
são móveis e nuas

eu sou cinza que canta o seu nome

*

o corpo nu, o corpo humano, o sexo

uma rosa
é a rosa de todas as rosas

a rosa contradita
pelos hábitos da vida real

* [...]

guardami
sono la via per l'oro delle galassie
sono pane deposto
ai tuoi piedi
dopo il primo raccolto del creato

sottomessa all'umano
sei la messe
fuori dal tempo umano

* [...]

l'ombra semplice del corpo in amore
l'oscillazione
dei monili sul collo

e lo smalto dei denti
sfolgora, nudo

la tua lingua
s'impunta chiara fra le labbra scure

*

con i capelli neri come grano, tesa
all'infiorescenza
come l'agave, eri così più alta

* [...]

olhe para mim
sou a via para o ouro das galáxias
sou pão colocado
a seus pés
após a primeira safra do criado

submetida ao humano
você é a seara
fora do tempo humano

* [...]

a sombra simples do corpo em amor
a oscilação
das joias no pescoço

e o esmalte dos dentes
reluz, desnudo

a sua língua
finca-se clara entre os lábios escuros

*

de cabelos pretos como trigo, tendente
à inflorescência
como agave, você era bem mais alta

di te stessa, più alta
della tua vita

10-16 aprile 2014

que si mesma, mais alta
que a sua vida

10-16 de abril de 2014

veglia alla cenere

Dare l'acqua al basilico,
aggiungere una manciata di sale grosso
all'acqua di cottura
sono gesti che bastano, per ora,
a distinguerci da quello che muore.

Roma, 26 aprile 2018

vigília das cinzas

Regar o manjericão,
acrescentar um punhado de sal grosso
na água de cozimento
são gestos suficientes, por enquanto,
pra nos distinguir daquilo que morre.

Roma, 26 de abril de 2018

fototessera di lucia galante

Sotto il vestito buono
preme l'esuberanza onesta della carne (tese
le cuciture sulle spalle)
ed è facile immaginare quel corpo
muoversi sotto il cielo vastissimo del grano di maggio,
stare nella compattezza
di un'esistenza sola
sotto il peso del cielo,
sentire il peso del cielo
e una valenza come di moltitudine che non va indagata
mamma, se dal centro del grano risale
lo stridore meccanico della tua morte
immatura come il grano di maggio
e perdonata
come si perdona un papavero
nella solitudine del grano,
come si perdona la vita
che non conosce altro che se stessa.

Roma, 9 maggio 2017

foto 3x4 de lucia galante

Sob o vestido bom
urge a exuberância honesta da carne (justas
as costuras das costas)
e é fácil imaginar aquele corpo
movendo-se sob o vastíssimo céu do grão de maio,
ficar na compacidade
de uma só existência
sob o peso do céu,
sentir o peso do céu
e um valor como o de uma multidão a não ser indagado
mãe, se do centro do grão vai subindo
o estridor mecânico da sua morte
imatura como o grão de maio
e perdoada
como se perdoa uma papoula
na solidão do grão,
como se perdoa a vida
que nada além conhece de si mesma.

Roma, 9 de maio de 2017

interiore invernale

a Gaetana, mia nonna

Ogni volta che ti penso — ma non è esatto
scrivere che ti penso, semplicemente
consisti
nel peccato
di amare la vita — vedo la cucina
d'inverno, l'ammattonato a scacchi di graniglia bianca
e verde, il carrello carico
di broccoli e arance, le foglie generose
e scure sporgere all'orlo
delle buste, l'aria fredda, la brina sui vetri
e il sole di mezzogiorno
intiepidire la soglia
di marmo, i vasi
di gerani al davanzale, le arance sul vassoio, i pavimenti
passati a cera. Un interno perfetto. E la tua muta
presenza seduta
come un sasso negli anni sulla riva del fiume,
la tua esistenza concentrata all'angolo
della cucina. Mentre il mondo cambiava (la guerra
del Vietnam, Pasolini, Moro,
la caduta del Muro
di Berlino) tu come gli animali
stavi senza domande. Senza dolore. Semplicemente

interior no inverno

para Gaetana, minha avó

Sempre que penso em você — mas não é exato
escrever que penso em você, simplesmente
você consiste
no pecado
de amar a vida — vejo a cozinha
no inverno, o atijolado xadrez de granilite branca
e verde, o carrinho cheio
de brócolis e laranjas, as folhas generosas
e escuras despontarem da borda
das sacolas, o ar frio, a geada nos vidros
e o sol de meio-dia
amornar a soleira
de mármore, os vasos
de gerânios no peitoril, as laranjas na bandeja, a cera
passada no chão. Um interior perfeito. E a sua muda
presença sentada
como uma pedra no tempo à beira do rio,
a sua existência concentrada no canto
da cozinha. Enquanto o mundo mudava (a guerra
do Vietnã, Pasolini, Moro,
a queda do Muro
de Berlim) você como os animais
estava sem perguntas. Sem dor. Simplesmente

esistere. Esistere
e basta. Essere casa come sono casa
i corpi, gli abbandoni, le guarigioni.

E il tuo corpo alla fine oltre il limite umano sporgeva chiaro
all'orlo della vita come le foglie
d'arancio dal carrello. Esistevi oltre il limite,
per non lasciarmi sola. Curavi il disamore
che sarebbe arrivato, nella mia vita
come in ogni vita, con il tuo essere
come la pietra d'angolo
della realtà, quella che argina
l'incrollabile vuoto
della materia, l'albero appena prima del deserto.

Roma, 28 agosto 2018

existir. Existir
e basta. Ser casa como são casa
os corpos, as rejeições, as recuperações.

E seu corpo no final além do limite humano despontava claro
da borda da vida como as folhas
da laranjeira do carrinho. Você existia além do limite,
pra não me deixar sozinha. Curava o desamor
que chegaria na minha vida
como em qualquer vida, com o seu ser
como a pedra angular
da realidade, a que represa
o inabalável vazio
da matéria, a árvore logo antes do deserto.

Roma, 28 de agosto de 2018

contro l'esilio

Siccome nasce
come poesia d'amore, questa poesia
è politica.

*

La prima volta
che incontrai la persona che avrei amato
quando ci salutammo
provai la povertà d'essere al mondo, uno stento
irreparabile
dell'intero
essere emerso. Fu
più che una mancanza
un mancamento:
lo scodamento di un nero
getto di plasma
attraversava la costellazione
MGC 1.9.6.4 (uno.nove.sei.quattro). Il bene
lo riconosci così, quando vedi quel microcosmo, capace
di ogni bene e male, allontanarsi
sulla strada assolata
e sai che, se ritorna, smetterà un dolore

contra o exílio

Já que nasce
como poesia de amor, esta poesia
é política.

*

A primeira vez
que encontrei a pessoa que amaria
quando nos despedimos
senti a pobreza de estar no mundo, um aperto
irreparável
de todo
o ser consciente. Foi
mais quc um vazio
um esvaziamento:
o resvalamento de um jato
preto de plasma
atravessava a constelação
MGC 1.9.6.4 (um.nove.seis.quatro). O bem
você o reconhece assim, quando vê aquele microcosmo, capaz
de todo bem e mal se afastar
na rua ensolarada
e sabe que, se voltar, porá fim a uma dor

lungo tutta la vita, la nostalgia
che non sapevi provare e stava
sconosciuta e vicina come l'ombra alle spalle,
tua in silenzio e miseria
come la gioia che con la neve dura.

Roma, 20 luglio 2018

ao longo de toda a vida, a saudade
que você não sabia sentir e ficava
desconhecida e próxima como a sombra nas costas,
sua no silêncio e miséria
como a alegria que com a neve dura.

Roma, 20 de julho de 2018

p – persona

«Una persona è quello che rimane quando è lontana», questo
l'ho già scritto. Io sono qui
e ti manco, perché ricordo
solo quello che fa bene
ricordare: ho setacciato l'oro
dalla mia vita, l'oro della sabbia
dell'infanzia, quando mia madre mi portava al mare e guardavo [per ore
come luccica il mare dai promontori. Non serve ricordare
quando l'amore si trasforma in mostro. Non serve ricordare
quante volte io sono già morta
mentre ero viva. Non serve ricordare
l'abbandono. Una persona è quello che contiene
dopo che la vita
ha lavorato il legno della vita
fino alla midolla, fino a farne una barca leggerissima
che tiene il mare
sotto qualunque cielo. Io ricordo soltanto
il luccicare a perdita d'occhio
della mia vita. Se guardi bene,
vedi una cosa viva. Se guardi bene,
vedi che adesso finalmente sono
solo viva.

Roma, 31 dicembre 2018

p – pessoa

"Uma pessoa é o que resta quando está distante", isso
já escrevi. Eu estou aqui
e te faço falta, porque lembro
só daquilo que faz bem
lembrar: peneirei o ouro
da minha vida, o ouro da areia
da infância, quando minha mãe me levava à praia e eu olhava
[por horas
como reluz o mar dos promontórios. Não adianta lembrar
quando o amor se transforma em monstro. Não adianta lembrar
quantas vezes eu já morri
enquanto estava viva. Não adianta lembrar
do abandono. Uma pessoa é aquilo que ela contém
depois de a vida
ter trabalhado a tora da vida
até a medula, até dela fazer um barco levíssimo
que se mantém no mar
sob qualquer céu. Eu me lembro apenas
do reluzir a perder de vista
da minha vida. Se olhar bem,
verá uma coisa viva. Se olhar bem,
verá que agora finalmente estou
só viva.

Roma, 31 de dezembro de 2018

come si dice amore nella tua lingua

«Le lingue non hanno confini, i confini sono solo politici» «Esiste una lingua invisibile alla quale attingiamo tutti» «Ogni scrittura è traduzione di un mondo» «Io attraverso le lingue che conosco in cerca della lingua universale». Questa è la vera avanguardia, la vera profezia per il futuro della specie.

Fekrì, hubùn, dashùri
sirèl, bhālabāsā, agàpi
uthàndo, ài, jeclahày
süyüü, obichàm, aròha
lyubòv', hkyithkyinnmayttàr
khairtài, cariàd, upéndo
amour, is bràe, snēhàṁ
maxabbàt, szerelém, rudo,
ādaràya, fitiavàna
liebe, evîn, miq'vàrs.

Continuate in settenari chiari
con questi suoni, nuovi come il mondo
che dicono da prati
e da foreste, igloo, capanne
e palafitte, grattacieli e canoe: io, questo niente
caduto nel sogno della materia, *avrò cura di te*
fino alla fine del mondo.

Roma, 9 febbraio 2019

como se diz amor na sua língua

"As línguas não têm fronteiras, as fronteiras são somente políticas" "Existe uma língua invisível da qual todos pegamos" "Toda escrita é tradução de um mundo" "Eu atravesso as línguas que conheço em busca da língua universal". Esta é a verdadeira vanguarda, a verdadeira profecia para o futuro da espécie.

Fekrì, hubùn, dashùri
sirèl, bhālabāsā, agàpi
uthàndo, ài, jeclahày
süyüü, obichàm, aròha
lyubòv', hkyithkyinnmayttàr
khairtài, carìad, upéndo
amour, is bràe, snēhàṁ
maxabbàt, szerelém, rudo,
ādaràya, fitiavàna
liebe, evîn, miq'vàrs.

Continuem em redondilhas claras
com esses sons, novos tal como o mundo
que falam desde relvas
e florestas, iglus, cabanas
e palafitas, arranha-céus e canoas: eu, este nada
mergulhado no sonho da matéria, *cuidarei de ti*
até o fim do mundo.

Roma, 9 de fevereiro de 2019

una macerazione compatibile

Lo colpii. Colpivo. Non so cosa, non so dove. Quanto è accaduto ha origini lontane.

Avevo inventato un uomo. E speravo, speravo fosse lui.

La domenica preparavo da mangiare, ero anche contenta, apparecchiavo con la tovaglia.

Lui spaccava le sedie sul pavimento, staccava le mostre dalle porte, prendeva a calci i mobili

davanti ai figli. Metteva in scena la potenza del corpo. Era alto, più di un metro e ottantacinque. Era materia disabitata. Quando finiva di sfogare la rabbia sulle cose,
c'ero io.

Non c'era nessun altro, nella mia vita. Provavo vergogna.

Il mio obiettivo è raggiungere la porta, lui mi prende alla gola e comincia la danza dell'amore esausto.

Urtiamo contro il tavolo, contro le sedie.

Sentiamo i colpi di una persona che si dimena e batte contro il muro.

uma maceração compatível

Eu o golpeei. Golpeava. Não sei o quê, não sei onde. O que aconteceu tem origens distantes.

Inventei um homem. E esperava, esperava que fosse ele.

No domingo eu preparava a comida, estava até feliz, arrumava a mesa com a toalha.

Ele espatifava as cadeiras no chão, arrancava as guarnições das portas, chutava os móveis

na frente dos filhos. Colocava em cena a potência do corpo. Era alto, mais de um metro e oitenta e cinco. Era matéria desabitada. Quando terminava de descarregar a raiva nas coisas,
era a minha vez.

Não havia mais ninguém na minha vida. Eu sentia vergonha.

O meu objetivo é chegar até a porta, ele me pega pela garganta e começa a dança do amor exausto.

Trombamos com a mesa, com as cadeiras.

Escutamos os golpes de uma pessoa que se debate e bate contra a parede.

Le sue mani mi tolgono il respiro, divento
niente. Da me sale il lamento di un oggetto che soffoca.
Sento una persona che vorrebbe strillare e non può. Penso povera signora, ha anche un figlio epilettico.

Per fermarlo, lo abbraccio. Nella mano ho il coltello con il quale sua madre taglia i fiori al cimitero.

Il 28 gennaio alle 3 di notte sogno mio figlio per terra, slogato come Cristo, e lei che lo guarda.

Sono a cavalcioni su di lui e colpisco, colpisco…
Mio figlio è morto da martire.

Mi sono solo difesa, non potevo fare altro. L'importante era che non si rialzasse, che non potesse farmi ancora male.

Nel cuore della notte veniamo svegliati da qualcosa che batte ripetutamente contro la ringhiera del palazzo.

Non importa cosa sarà del corpo,
se rimarrà incastrato sotto le opere fluviali, inerte
come fango sbattuto
tra cosa e cosa.
Il ratto rosicchia solo i corpi intrappolati sotto l'argine.
Aveva caricato i poliziotti, una volta. L'avevano sedato. Ma nessuno l'ha mai portato via.

Intorno alla cintura, si rinviene una sagoletta di materiale sintetico con due piccoli pesi da sommozzatore.

Lo stato enfisematoso avrebbe prodotto molti litri di gas, quei due chili sarebbero serviti a ben poco.

Ho pulito la casa

As suas mãos me tiram o fôlego, me torno
nada. De mim sobe o lamento de um objeto que sufoca.
Escuto uma pessoa que quer berrar e não pode. Penso, pobre senhora, e ainda tem um filho epiléptico.

Para detê-lo, o abraço. Na mão seguro a faca que sua mãe usa para cortar as flores no cemitério.

Em 28 de janeiro, às 3 da madrugada sonho com meu filho no chão, luxado como Cristo, e ela que olha para ele.

Estou montada nele e golpeio, golpeio...
Meu filho morreu como um mártir.

Eu só me defendi, não podia fazer outra coisa. O importante era que não se levantasse, que não pudesse mais me machucar.

No coração da noite somos acordados por algo que bate repetidamente contra a balaustrada do prédio.

Não importa o que será do corpo,
se ficará enfiado debaixo das obras fluviais, inerte
como lama batida
entre coisa e coisa.
O rato só rói os corpos presos debaixo da margem.
Tinha avançado nos policiais, uma vez. Tinham-no sedado. Mas nunca ninguém o levou embora.

Ao redor da cintura, se descobre uma adriça de material sintético com dois pequenos pesos de mergulhador.

A condição enfisematosa produziria muitos litros de gás, os dois quilos serviriam para muito pouco.

Limpei a casa toda

per mesi. Ma vedevo il suo sangue dappertutto

La fotografia 24 mostra la perdita quasi completa del guanto epidermico.

e di notte mi pareva di sentire suonare i tamburelli che aveva portato da Tunisi.

Il corpo era integro perché aveva fluitato, in acqua prima dolce e poi salata.

I nemici dei cadaveri sono le mosche (a terra) e i gamberetti (in acqua).

Sapevo che sarebbe tornato. Sembrava messo lì a vegliare su tutti.

Il suo corpo si lascia cadere nel chiarore del mare. Non capisco perché sia felice. La sua felicità mi rende mortale.

Stamattina sulle superfici della cucina ho trovato un deposito di polvere bianca. Sul lavandino, sulla macchina del caffè, sulle mele. Eri tu. Eravamo soli come da ragazzi.

Sì, sapevo che mi avresti fatto male. Ma vedevi

dentro la superficie

tutto quello che c'era da vedere

e amavi

tutto quello che vedevi.

Nel tuo sguardo io ero reale.

Che cosa posso aggiungere? Ti racconto

por meses. Mas via seu sangue por todos os lados

A fotografia 24 mostra a perda quase por completo da luva epidérmica.

e de noite me parecia ouvir tocar os tamborins que ele havia trazido de Tunis.

O corpo estava íntegro porque havia flutuado, antes na água doce e depois na salgada.

Os inimigos dos cadáveres são as moscas (na terra) e os camarões (na água).

Sabia que voltaria. Parecia estar ali velando por todos.

Seu corpo se deixa cair na claridade do mar. Não entendo por que está feliz. Sua felicidade me deixa mortal.

Hoje pela manhã nas superfícies da cozinha encontrei um acúmulo de pó branco. Na pia, na máquina do café, nas maçãs. Era você. Estávamos sozinhos como quando jovens.

Sim, sabia que você teria me machucado. Mas você via

dentro da superfície

tudo o que tinha para ver

e amava

tudo o que via.

No seu olhar eu era real.

O que mais posso acrescentar? Te conto

di quand'eri bambino e risalivi l'argine del fiume con la fionda in tasca

e, in quel momento, t'importava solo di acchiappare le rane, per me.

Una macerazione compatibile è dedicata a Luciana Cristallo. Il 26 gennaio 2004, reagendo all'ennesima aggressione violenta, Luciana Cristallo uccide con dodici coltellate il marito Domenico Bruno, padre dei suoi quattro figli e, con l'aiuto del nuovo compagno, la notte stessa occulta il corpo, facendolo rotolare nel fiume Tevere all'altezza di Via del Collettore Primario. Il successivo 27 febbraio il corpo riemerge dalle acque del mare e si arena a circa venti chilometri dal punto di affondamento, poco lontano dalla torretta (ora demolita) del «Faber Beach» di Ostia Ponente. Il riconoscimento del corpo è possibile grazie all'unica scarpa che l'uomo calza ancora, fatta su misura e con il rialzo da una ditta tedesca. Con una sentenza d'avanguardia Luciana Cristallo, nonostante sia rea confessa, viene assolta per legittima difesa. Nel 2014, la Corte d'Appello conferma l'assoluzione. Secondo i giudici, la donna ha ucciso per non morire, dopo anni di pestaggi inutilmente denunciati, a partire dal lontano 1997.

Lo Stato ha sentito il dovere morale di risarcire una cittadina che non ha saputo proteggere.

de quando você era criança e subia pela margem do rio com o estilingue no bolso

e, naquele momento, sua preocupação só era capturar as rãs, para mim.

"Uma maceração compatível" é dedicada a Luciana Cristallo. Em 26 de janeiro de 2004, reagindo à enésima agressão violenta, Luciana Cristallo mata com doze facadas o marido Domenico Bruno, pai de seus quatro filhos e, com a ajuda do novo companheiro, na mesma noite, oculta o corpo, deixando-o rolar no rio Tibre, na altura de Via del Collettore Primario. Em 27 de fevereiro, o corpo reemerge das águas do mar e encalha cerca de vinte quilômetros do ponto em que afundou, não muito distante da pequena torre (agora demolida) do "Faber Beach" na parte oeste de Ostia. O reconhecimento do corpo é possível graças ao único pé de sapato que o homem ainda calça, feito sob medida e com elevação por uma empresa alemã. Com uma sentença de vanguarda Luciana Cristallo, apesar de ser ré confessa, é absolvida por legítima defesa. Em 2014, o Tribunal de Recurso confirma a absolvição. Segundo os juízes, a mulher matou para não morrer, depois de anos de espancamentos inutilmente denunciados, desde 1997.

O Estado sentiu o dever moral de ressarcir uma cidadã que ele não soube proteger.

un misterioso albero-motore

E poi un giorno c'investe
un ordigno
traslucente e radioso, che non abbiamo scelto
e chiamiamo *vita.*

L'impulso anima e flette
un suo morbido grommo di materia
viva, un insieme di organi legati — con tubicini,
cavi e percolature — a una bocca che evoca il mare.

Ma un impasto di conseguenze illogiche, di straniant e disutili
connessioni, inverte la dialettica
di causa-effetto dell'inanimato,
se è vero che l'amore, entro i limiti dati
dalla sopravvivenza, influisce sul corpo più del pane. Intanto
[l'invisibile
fabbrica chimica
séguita a distillare, disseziona e sgocciola in cavità
infinitesimali
il frutto dissolto.

Dunque un giorno veniamo in possesso
del sogno della materia

uma misteriosa árvore-motor

E um dia nos atinge
um explosivo
transluzente e radioso, que nós não escolhemos
e chamamos de *vida*.

O impulso anima e verga
seu macio aveludado grumo de matéria
viva, um conjunto de órgãos amarrados — com tubos,
fios e percolações — a uma boca que evoca o mar.

Mas um nó de consequências ilógicas, de estranhas e desúteis
conexões, inverte a dialética
de causa-efeito do inanimado,
se é verdade que o amor, nos limites dispostos
pela sobrevivência, repercute no corpo mais que o pão. Entretanto
[a invisível
fábrica química
continua a destilar, disseca e escorre em cavidades
infinitesimais
o fruto desfeito.

Um dia então entramos na posse
do sonho da matéria

che misteriosamente, come vedi, si muove
e appartiene a sé stessa e si pensa
e lentamente impara a non ferirsi.

Alla fine, un'altezza con figure.

Roma, 2 marzo 2018

que misteriosamente, como você vê, se mexe
e pertence a si mesma e se pensa
e aprende amiúde a não se ferir.

No final, uma altura com figuras.

Roma, 2 de março de 2018

verde con cielo sopra

dove manca l'affabile carne umana,
l'oggetto socievole, la cosa

— dove manca la cosa
fissata nella materia,

passa la luce

di questo mondo
radioso e gentile — e così
bello, privo di senso: perfetto

Fiumicino, 28 ottobre 2017

verde com céu acima

onde falta a afável carne humana,
o objeto sociável, a coisa

— onde falta a coisa
fixada na matéria,

passa a luz

deste mundo
radioso e gentil — e tão
belo, sem sentido: perfeito

Fiumicino, 28 de outubro de 2017

madrealfa

Eri una ragazzina di campagna che si faceva bella coi vestiti neri
e gli orecchini.

Prima di te, filtravano le luci da acquario dei corridoi dell'ospedale.

Poi, il tuo corpo sboccava dal buio e portava ogni cosa che al
mondo

c'è da sapere.

Facevi la donna di servizio nella Milano dell'immigrazione.
[Quando arrivavi

a notte alta, forse ancora una volta sconfitta, chi dice «io»

in questa poesia, percepiva di te

solo i frammenti di proprio interesse,

gli occhi lavati come gocce d'ambra e il seno illeso.

Dicevi «Un giorno saprai», oppure «Non ti preoccupare

di sapere», ma certamente il tono ti tradiva. Non so altro che
[questo non sapere.

L'indagine fallisce. Sono carne

mãealfa

Você era uma menina do campo que se enfeitava com vestidos pretos e um par de brincos.

Antes de você, filtravam as luzes de aquário dos corredores do hospital.

Depois, seu corpo saía da escuridão e trazia tudo o que no mundo

é preciso saber.

Trabalhava como empregada na Milão da imigração. Quando
[você chegava

de madrugada, talvez mais uma vez derrotada, quem diz "eu"

neste poema percebia em você

só os fragmentos que lhe interessavam,

os olhos lavados como gotas de âmbar e o seio ileso.

Você dizia "Um dia saberá", ou "Não se preocupe

em saber", mas com certeza o tom te traía. Não sei nada além
[desse não saber.

A investigação fracassa. Sou carne

che si rigenera ogni sette anni e, senza volontà
che non sia il voler vivere di ogni singola
cellula, cancella a fondo. Incluso il pianto di una concubina
di ventinove anni, che il mondo ha spinto in acqua. È stato a
[causa della solitudine
di ogni animale, è stato allora, mentre
ti allontanavi, che ho preso la decisione (politica, ontologica) di
[avere fiducia.

Guarda cos'è successo alla mia vita. Avevo la bontà degli animali
trascinati in guerra. Tanta gente bellissima
ci ha divise. Nessuno
ha mai voluto farmi veramente male. Ma lo hanno fatto, perché
[anche loro erano morti tutti
da tanto, dopo una gioia un po' stenta, ma comunque gioia. I
[benpensanti
sono armi spianate, uccidono anche i morti. Si tratta di fascismo
naturale, quella che chiamano «normalità».

Dopo che mi hanno tirata su dall'acqua del fiume mi hanno
[portata a casa
su un autobus di linea, tanta fu la vergogna. Dai finestrini ho visto
l'arsa bellezza delle mie montagne allontanarsi

que se regenera a cada sete anos e, sem vontade

que não seja o querer viver de cada uma

das células, apaga tudo. Inclusive o choro de uma concubina

de vinte e nove anos, que o mundo empurrou na água. Foi por
[causa da solidão

de todo animal, foi então, enquanto
você se distanciava, que tomei a decisão (política, ontológica) de
[ter confiança.

Olha o que aconteceu com a minha vida. Eu tinha a bondade
[dos animais

arrastados pra guerra. Tantas pessoas lindas

nos separaram. Nunca

ninguém quis realmente me machucar. Mas o fizeram, porque
[todos eles também estavam mortos

há muito tempo, depois de uma alegria meio frágil, mas sempre
[alegria. Os conformistas

são armas apontadas, matam também os mortos. Trata-se de fascismo natural, aquela que chamamos "normalidade".

Depois que me puxaram da água do rio, me levaram para casa

num ônibus circular, a vergonha foi grande. Das janelas eu vi

a seca beleza das minhas montanhas se distanciar

come la superficie di una stella, ho conosciuto
la crudeltà del paesaggio
e la crudeltà del perdono.

Sopra i corpi trascinati in guerra
resiste una mancanza di confine, bianca
come le suole dei bambini.

como a superfície de uma estrela, conheci
a crueldade da paisagem
e a crueldade do perdão.

Nos corpos arrastados pra guerra
resiste uma falta de fronteira, branca
como as solas das crianças.

baobab experience, piazzale maslax. fissando lo splendente cimitero del cielo stellato

«la riscoperta del proprio nucleo non condivisibile, [...] che costituiva per un uomo la migliore approssimazione allo stato fetale»

IAN MC EWAN, *Solar*

Una mattina, al mercato, scopro che nel gergo popolare ha fatto il suo ingresso l'invettiva di nuovo conio «*vammorìammare*», variante del più generico invito «*vammorìammazzato*».

La mala esortazione viene scagliata da un verduraio anziano all'indirizzo di un ragazzino nero. Il verduraio che prescrive la morte al ragazzino non è mosso da quella che, pur superficialmente, legittimeremmo, rubricandola alla voce «guerra fra poveri»: il commerciante possiede uno dei banchi più voluminosi del mercato dell'Alberone, fa pagare 4 euro un sacchetto di puntarelle «capate».

La sua è pura irrazionalità ventriloqua, sono stragi in diretta televisiva che diventano modi di dire, orrori assunti come esortazioni. Ma le parole formano i pensieri. E i pensieri formano le azioni.

L'immagine di questi uomini e di queste donne è reale. È un [inciampo
pieno di nostalgia. Si volta.
Si volta troppo, per guardarsi le spalle.
Quanta maceria al fieno di mezzogiorno.
Meglio fare discorsi sul clima.

baobab experience, largo maslax. fixando o brilhante cemitério do céu estrelado

a redescoberta de seu núcleo não passível de ser compartilhado, [...] que era a coisa mais próxima [...] de um feto

Ian Mc Ewan, *Solar*

Uma manhã, na feira, descubro que na gíria popular ingressou a invectiva de novo cunho "*vaimorrenomar*", variante do convite mais genérico "*vaisemorto*".

Essa má exortação é lançada por um verdureiro de idade ao endereço de um menino negro. O verdureiro que prescreve a morte ao menino não é movido por aquela que, ainda que superficialmente, legitimaríamos, rubricando-a na voz "guerra entre pobres": o comerciante possui uma das barracas mais volumosas da feira de Alberone, pede 4 euros por um saquinho de brotos de catalônia "limpas".

A dele é pura irracionalidade ventríloqua, são chacinas ao vivo na TV que se tornam modos de dizer, horrores assumidos como exortações. Mas as palavras formam pensamentos. E os pensamentos formam ações.

A imagem desses homens e dessas mulheres é real. É um tropeço cheio de nostalgia. Vira-se.
Vira-se demais, para tomar cuidado.
Quanto escombro no feno de meio-dia.
Melhor é fazer discursos sobre o clima.

Sale di risulta. Le creature animate spostano ininterrottamente
cose inanimate, piccole masse affioranti
dall'ocra della terra. Tirano pallonate a campanile
sull'asfalto increscioso dei non-luoghi. Cacciati oltre i confini del
[rancore urbano, in deriva
su piazzali rasati da un vento
grigio come la solitudine. Cupa,
Spadolini, Maslax. Più niente. Manganelli,
furgoni antisommossa, camioncini
per smaltimento rifiuti. Corpi
con cicatrici, dispersi
nell'invisibile oltre l'acciaio
di Stazione Tiburtina. Sorridono
miti come una mandria di gazzelle, mentre fanno i bagagli.
[Hanno imparato a cogliere
anche il niente. Il puro esistere.

Gli invasori venivano in armi, non così, con pagelle e infradito,
[di castigo in castigo.

Sal remanescente. As criaturas animadas deslocam ininterruptamente
coisas inanimadas, pequenas massas aflorantes
do ocre da terra. Chutam boladas para o alto
no asfalto molesto dos não lugares. Expulsos além das fronteiras do
[rancor humano, em deriva
nos largos aparados por um vento
cinza como a solidão. Cupa,
Spadolini, Maslax. Nada mais. Cassetetes,
furgões antimotim, caminhões
para a coleta do lixo. Corpos
com cicatrizes, dispersos
no invisível além do aço
da Estação Tiburtina. Sorriem
brandos como uma manada de gazelas, enquanto arrumam os
[pertences. Aprenderam a colher
até mesmo o nada. O puro existir.

Os invasores chegavam armados, não assim, com boletins e
[chinelos, de castigo em castigo.

ORIZZONTE DEGLI EVENTI (INEDITO) |
HORIZONTE DOS EVENTOS (INÉDITO)

la zona rossa

a N.

Ho un'amica che continua a lavorare in fabbrica nella Zona
[Rossa. Alla pressa
il contatto forzato coi colleghi
è stretto. Dice: «Noi operai
siamo carne da macello. Nessuno parla
dei morti sul lavoro», ogni anno un conteggio
di prodotti stoccati e di mosche
morte nella regione della neve, dove l'orto è tagliato dai cancelli
e divide in porzioni disuguali
la terra. Tutto
finisce, per tutti, in due metri quadri
di terra, rivoltata da una benna
manovrata da un uomo reso muto
dal lavoro coi morti. Tutto
è messo a tacere
sotto uno strato di viridescenti muffe nobili
raggelate dal soffio della prima notte. Dice: «Non ho paura
per me». Non aggiunge: «Sarebbe quasi una liberazione». Anzi,
[emette una scintilla
di pura gioia
se le chiedo, in pensiero: «Hai mangiato?»

Roma, 12 marzo 2020
in «Antinomie» 15 marzo 2020

zona vermelha

para N.

Tenho uma amiga que continua trabalhando na fábrica na Zona
[Vermelha. Na prensa
o contato forçado com os colegas
é forte. Ela diz: "Nós operários
somos carnes de abate. Ninguém fala
dos mortos no trabalho", todo ano uma contagem
de produtos estocados e de moscas
mortas na região da neve, onde a horta é cortada por portões
e divide em lotes desiguais
a terra. Tudo
acaba, pra todos, em dois metros quadrados
de terra, mexida por uma pá mecânica
manuseada por um homem emudecido
pelo trabalho com os mortos. Tudo
é silenciado
sob uma camada de viridescentes mofos nobres
gelados pelo sopro da primeira noite. Ela diz: "Não tenho medo
por mim". Não acrescenta: "Seria quase uma libertação". Aliás,
[emite um lampejo
de pura alegria
se lhe pergunto, em pensamento: "Você comeu?".

Roma, 12 de março de 2020
em *Antinomie*, 15 de março 2020 e
Jornal Rascunho, 23 de março 2020

la casa

Adesso che il fantastico ha intaccato il reale, abbiamo l'occasione di sottoporre alla prova del vero le teorie su noi stessi.

Senti come funziona la casa che amavi. Le resistenze elettriche
vibrano negli astucci
di polietilene, le condotte
fiottano. Analizza l'amore
che le cose ti portano. Le superfici
lisce, non intaccate. Esse
sono vicine, disponibili. Analizza l'amore
che le cose ti portano ancora. La durezza concreta degli smalti. I
[solventi, le cere
sparse sui legni di una nave affondata
nel cielo. Io

a casa

Agora que o fantástico afetou o real, temos a oportunidade de submeter à prova da verdade as teorias sobre nós mesmos.

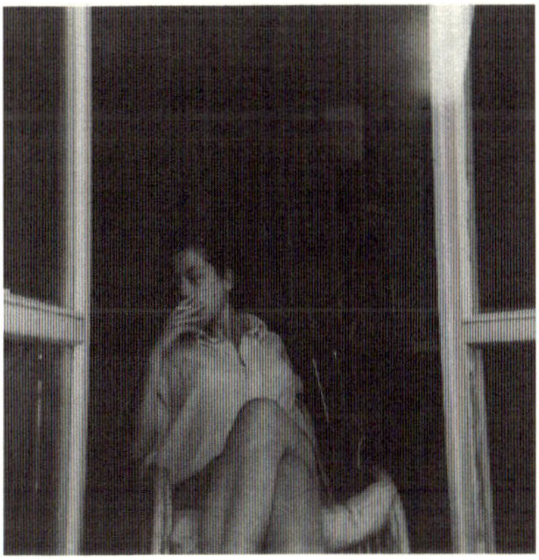

Olhe como funciona a casa que você amava. As resistências elétricas
vibram nos estojos
de polietileno, os dutos
jorram. Analise o amor
que as coisas te trazem. As superfícies
lisas, não afetadas. Elas
estão por perto, disponíveis. Analise o amor
que as coisas ainda te trazem. A dureza concreta dos esmaltes. Os
[solventes, as ceras
passadas nas tábuas de um navio afundado
no céu. Eu

diffuso
nel corpo collettivo vulnerabile.

Morbilità. Guerra
dall'invisibile. Tutti dicono
guerra. Il nostro primo scontro planetario
non l'avevamo immaginato così. Resistenza immobile
contro un unico sciame. In assenza di corpi, il corpo urbano è
astratto, scarnificato. Paesaggio con sirene,
uno sconcerto
inferto
al corpo comune. I palazzi sporgono dall'asfalto
come fenomeni del Pleistocene.
Le costole fluttuanti della Tangenziale, il gran riso sdentato
del Colosseo, riso totale
dell'arcata dentale
con gli alveoli vuoti. Rictus
prestorico, cava del sogno di maschere severe del futuro.

Adoperano strumenti simili a quelli del verderame, per
[nebulizzare le strade
con un amalgama di acidi
iridescenti. Metti il corpo lavato nell'aria. L'aria
è un reagente, si addensa
quando tocca una corolla. Riconosce la vita, l'
accarezza. Anche questa
che muore da sola. Intorno ai polsi
ha un'estate in rovina.
Quando l'alieno sarà stato esposto
alla coscienza, verrà ingoiato nell'indifferenza della storia

esparso
no corpo coletivo vulnerável.

Morbidade. Guerra
pelo invisível. Todos dizem
guerra. O nosso primeiro embate planetário
não o tínhamos imaginado assim. Resistência imóvel
contra um único enxame. Na ausência de corpos, o corpo urbano é
abstrato, descarnado. Paisagem com sirenes,
um desconcerto
infligido
ao corpo comum. Os prédios despontam do asfalto
como fenômenos do Pleistoceno.
As costelas flutuantes do Rodoanel, o grande riso banguela
do Coliseu, riso total
da arcada dentária
com os alvéolos vazios. Rictus
pré-histórico, cava do sono de máscaras severas do futuro.

Utilizam instrumentos semelhantes aos do verdete, para
[nebulizar as ruas
com um amálgama de ácidos
iridescentes. Coloque o corpo lavado no ar. O ar
é um reagente, se adensa
quando toca uma corola. Reconhece a vida, a
acaricia. Esta também
que morre sozinha. Ao redor dos pulsos
tem um verão em ruína.
Quando o alheio terá sido exposto
à consciência, será engolido na indiferença da história

insieme all'immodificabile ammontare
dei morti. Quello che brilla, mi dicevi sempre, non ha fine.
Il lavandino, una stella.

Ci orientavamo nello spaziotempo dei pomeriggi
filando dietro al suono di ogni nome
aperto dal dialetto come un'arancia. Sentivamo di essere vicini
al punto di rottura di un sistema, un ingranaggio asciutto
che non vale la pena definire ancora.

Borchie e lastre. Nei fatti, tutto è fermo
come da un blocco di paesaggio sognato.
Ma è passato talmente tanto tempo
e a non avere fine non sono state stelle
né pianeti, sei stata tu: a non avere fine
sono quelli che fanno brillare
il mondo dentro il suo mero essere
questo silenzio ampio, domenicale, con la voce che chiama
dalla cucina.

O dalla fine del mondo, è lo stesso, se a chiamare è la voce
di chi governa fino a tarda sera
e poi
cede al futuro, che è una conchiglia di memoria, lo splendore promesso
quando ogni mattina mi posavi
una tazza di latte sul comodino.

Roma, 18 marzo 2020

in «Antinomie» 20 marzo 2020 e in «Almanacco», Raffaelli 2020

junto com o imodificável amontoar
dos mortos. Aquilo que brilha, sempre me dizia, não tem fim.
A pia, uma estrela.

Nos orientávamos no espaço-tempo das tardes
correndo atrás do som de cada nome
aberto pelo dialeto como uma laranja. Sentíamos estar próximos
do ponto de ruptura de um sistema, uma engrenagem seca
que não vale a pena ainda definir.

Roscas e chapas. Nos fatos, tudo está parado
como que por um bloco de paisagem sonhada.
Mas passou tanto tempo assim
e o que não teve fim não foram estrelas
nem planetas, foi você: o que não teve fim
são aqueles que fazem reluzir
o mundo dentro do seu mero ser
este silêncio amplo, dominical, com a voz que chama
da cozinha.

Ou do fim do mundo, dá na mesma, se quem chama é a voz
de quem governa até tarde da noite
e depois
cede ao futuro, que é uma concha de memórias, o esplendor prometido
quando toda a manhã deixava para mim
o leite na mesinha de cabeceira

Roma, 18 de março 2020
em *Antinomie* 20 de março de 2020 e em *Almanacco*, Raffaelli 2020

Sono passati quindici anni, da quando ho scritto la (mia) sola poesia dedicata a Simonetta Cesaroni. Grazie alla generosità di Igor Patruno, nell'ultimo mese ho letto le bozze del suo libro *Il delitto di via Poma trent'anni dopo* (Armando 2020), i molti atti processuali da lui scansionati e ho visto foto della scena, del corpo. In questa cruda luce, continuo.

camera oscura

«Bastava un taglietto sul dito, per terrorizzarla. Veniva da me, con l'aria preoccupata: oddio mamma, mi esce il sangue!»
deposizione di ANNA DI GIAMBATTISTA,
madre di Simonetta Cesaroni

Nessuno perde tempo a sistemare le scarpe, mentre vive un in
[contro passionale. Nessuno

va a posarle, appaiate, sul fondo della stanza. La posizione delle
[scarpe dice

che la ragazza, mentre le toglie, prova
paura. *Impronte*
rosacee nastriformi e velatura ematica
sul decoro borghese dei pavimenti, a losanghe. La posizione delle
[scarpe dice

che la ragazza, dopo essersi levata
il corpetto, vuole riesaminare
la situazione. *Tapparelle abbassate, nella stanza campale.* La ragazza
va ad appoggiarsi all'angolo

Passaram-se quinze anos desde que eu escrevi o (meu) único poema dedicado a Simonetta Cesaroni. Graças à generosidade de Igor Patruno, no último mês, li as provas do seu livro *Il delito di via Poma trent'anni dopo* [O crime de via Poma trinta anos depois] (Armando, 2020), os muitos atos processuais por ele escaneados e vi foto da cena, do corpo. Nessa crua luz, continuo.

câmera obscura

Bastava um cortezinho no dedo, para aterrorizá-la. Vinha até mim, com ar preocupado: meu deus, mãe, estou perdendo sangue!
depoimento de Anna Di Giambattista,
mãe de Simonetta Cesaroni

Ninguém perde tempo para arrumar os sapatos enquanto vive
[um encontro passional. Ninguém

os coloca, emparelhados, no fundo do cômodo. A posição dos
[sapatos diz

que a garota, enquanto os tira, sente
medo. *Marcas*
rosáceas nastriformes e camada hemática
no decoro burguês do assoalho, em losangos. A posição dos sapatos diz
que a garota, depois de tirar
o corpete, quer reexaminar
a situação. *Persianas abaixadas, no cômodo campal.* A garota
vai se apoiar no canto
no fundo, depois da escrivaninha de diretor. É a quina de esquina
[do prédio e a garota está

in fondo, oltre la scrivania dirigenziale. È lo spigolo d'angolo del
[palazzo e la ragazza è
in piedi contro esso, spalle al muro, come quando i bambini
hanno paura. *Sulla porta, colature vistose.*
Tiene tutta la stanza nello sguardo, mentre slega le scarpe e le sfila
con la punta del piede. *Uno scenario in fòrmica, plastica*
e finta pelle. La distanza che i fatti raccontano
conflagra con l'amore, che muterebbe i corpi in fragorosi
affluenti. *Il sangue*
è un tessuto fluido. Gli esseri umani sono colpiti dall'odore.

Le scarpe restano dove le ha tolte. *La ragazza indossava sempre*
tutti i suoi gioiellini, per uscire. La ragazza
manifestava un adeguato livello di consapevolezza
di quanto poteva aspettarsi dal mondo. Certo non quelle povere scarpe
da bambina, rimaste vuote, azzurre, impunturate
d'arancio come un crepuscolo di mezza estate. *La ragazza dormiva*
[sul divano
in un soggiorno di Cinecittà. La ragazza
sperava in qualcosa. Il corpo parla lingue non comuni.

La morte è un lento divenire morti. Permane
una continuazione, disordinata
e parziale, del metabolismo, spiega
l'anatomopatologo. «Ma si tratta di gruppi cellulari, l'individuo
si perde subito». Dunque, questa
è la morte, questo sciogliersi della relazione tra gli elementi
che ci compongono. *Sei rimasta così, disseminata e priva*
di armonia. Un gemizio di linfa cicatriziale

em pé contra ela, de costas para a parede, como quando as crianças
sentem medo. *Na porta, manchas vistosas.*
Abrange com o olhar todo o cômodo enquanto desamarra os
[sapatos e os tira
com a ponta do pé. *Um cenário em fórmica, plástico*
e couro falso. A distância que os fatos contam
conflagra com o amor, que mudaria os corpos em fragorosos
afluentes. *O sangue*
é um tecido fluido. Os seres humanos são afetados pelo cheiro.

Os sapatos permanecem lá onde os tirou. *A garota colocava sempre*
todas as suas joias para sair. A garota
manifestava um adequado nível de consciência
do que poderia esperar do mundo. Com certeza, não aqueles pobres
[sapatos
de menina, deixados vazios, azuis, pespontados
de laranja como um crepúsculo na metade do verão. *A garota*
[dormia no sofá
numa sala de estar em Cinecittà. A garota
tinha esperança em algo. O corpo fala línguas não comuns.

A morte é um lento se tornar mortos. Permanece
uma continuação, desordenada
e parcial, do metabolismo, explica
o anatomopatologista. "Mas se trata de grupos celulares, o indivíduo
logo se perde." Então, esta
é a morte, esse desfazer-se da relação entre os elementos
que nos compõem. *Você ficou assim, disseminada e sem*
harmonia. Uma transudação de linfa cicatricial

dice che il corpo, pure sotto i colpi,
tentava di richiudersi. *Parevi interamente soddisfatta*
dell'incombenza di vivere
e sei rimasta come ti hanno messa. Ciascun tessuto
solo, nella sua tragica volontà di esistere. La materia di cui
[eravamo fatti
vive più a lungo dell'identità. Oh corpo, corpo!
corpo nostro, e di tutti. *Oh, vita! breve traccia di splendore*
che residua, nello specchio di sangue. Quello,
dopo aver dissipato la tua intera
vita, ha buttato via pure la giacchetta, che ti eri comprata
sul Postal Market. Oscenità
su oscenità, delitto
su delitto.

Dopo aver indugiato nella deposizione
delle scarpe, mi riavvicino. Tengo
i pantaloni. Mi abbassa il reggiseno, mi fa male. Causa, a sinistra,
[un'escoriazione
non figurata, senza arcata opponente. Non si tratta di morso.
[La mia sinistra
lo afferra, per staccare da me
il dolore. La mia mano protegge
il mio lato ferito. Quello, però, mi blocca. Sulla mia mano,
[restano i lividi della sua presa.

Quando leva la faccia, Esso
è il neutro, senza maschera umana. Esso male, Esso vuoto,
[che finirà solo

diz que o corpo, mesmo sob os golpes,
tentava se cerrar. *Você parecia totalmente satisfeita*
da incumbência de viver
e ficou como te colocaram. Cada um dos tecidos
sozinho, na sua trágica vontade de existir. A matéria da qual
[éramos feitos
vive por mais tempo que a identidade. Oh, corpo, corpo!
corpo nosso, e de todos. *Oh, vida! breve rastro de esplendor*
que remanesce, no espelho de sangue. Aquele,
depois de ter dissipado a sua inteira
vida, jogou fora também a jaqueta, que você comprou
no Postal Market. Obscenidade
sobre obscenidade, crime
sobre crime.

Depois de ter hesitado na deposição
dos sapatos, me reaproximo. Tenho
as calças. Me abaixa o sutiã, me machuca. Provoca, à esquerda,
[uma escoriação
não figurada, sem arcada oponente. Não é uma mordida. A
[minha esquerda
o pega, para afastar de mim
a dor. A minha mão protege
o meu lado ferido. Aquele, contudo, me bloqueia. Na minha mão,
[restam os roxos da sua pegada.

Quando tira o rosto, Isso
é o neutro, sem máscara humana. Isso mal, Isso vazio, que acabará só
com o meu fim. Tabefe
na minha face direita, soco no olho

con la mia fine. Manrovescio
sulla mia guancia destra, pugno all'occhio
sinistro. Sono in piedi. Colpita
la prima volta, cado
dall'alto, sbatto la testa sul fermaglio, che si fracassa e attenua
[il colpo che sopporta
la mia scatola cranica. Mentre cado, Esso afferra qualcosa. Caso?
destino, premeditazione, chi ha messo l'arma
sopra la scrivania dirigenziale?

Sono stordita e tento di rialzarmi. Esso
incombe, mi posa
la sbarra del suo avambraccio
sinistro sopra il collo, causando il livido anteriore, pesa
sulla mia gola col massiccio
del corpo, faccia
su faccia e con la destra, come per caso armata, prende a ferirmi
al volto, in mezzo agli occhi, massimamente
l'occhio sinistro, dal lato della mano che colpisce, mentre mi
[stringe i fianchi coi ginocchi.
Vuole che io non veda quello che ormai
ho visto. Il ridicolo niente che cova
nel Granduomo. Il rospo gonfio
di solitudine e boria. Annaspo
con le braccia, ma ho capito che non avrò tempo
da viva, per difendermi ancora. *Braccia e mani non recano*
le consuete lesioni da difesa. Il mio corpo è colpito in progressione
discendente. Dal mio collo
si leva, mi trapassa la gola

esquerdo. Estou em pé. Golpeada
pela primeira vez, caio
do alto, bato a cabeça no grampo, que arrebenta e atenua
[o golpe que suporta
a minha caixa craniana. Enquanto caio, Isso pega alguma coisa. Acaso?
destino, premeditação, quem colocou a arma
em cima da escrivaninha de diretor?

Estou atordoada e tento me levantar. Isso
ameaça, pousa em mim
a barra do seu antebraço
esquerdo no pescoço, provocando o roxo anterior, pesa
na minha garganta o maciço
do corpo, cara
a cara e com a direita, como por acaso armada, começa a me ferir
no rosto, no meio dos olhos, especialmente
o olho esquerdo, do lado da mão que golpeia, enquanto me
[aperta o quadril com os joelhos.
Quer que eu não veja aquilo que já
vi. O ridículo nada guardado
no Grande-homem. O sapo inchado
de solidão e soberba. Debato-me
com os braços, mas entendi que não terei tempo
em vida para ainda me defender. *Braços e mãos não trazem*
as lesões comuns de defesa. O meu corpo é golpeado em progressão
descendente. Do meu pescoço
se ergue, me perfura a garganta
de lado a lado. Depois, no peito, mais vezes. Lacera calças e calcinha. Já
vejo de fora. *O evento morte se aperfeiçoou rapidamente.* Noto um daqueles

da parte a parte. Poi, nel petto, più volte. Lacera pantaloni e mutandine. Ormai, vedo da fuori. *L'evento morte si è perfezionato in tempi rapidi.* Noto uno di quei dettagli che tolgono l'attenzione dallo strazio: i miei calzini, immacolati
e tesi. Calzini che hanno camminato poco. Penso che, se mi avesse sfilato i pantacollant, i calzini sarebbero venuti via. Un pensiero che faccio, per fingere
che questa sia ancora
la vita. Vedo
che continua a colpire, più in basso. Esso vuole
cancellarmi. *Neanche un filamento di tessuto*
resta, nelle ferite. Per ironia del caso, non sento niente, proprio nessuno dei suoi colpi al ventre. Vedo che il corpo a terra non è più mio. Cosa insisti, relitto, a che ti aggrappi? Non ti sento. Io, non ho più paura. Vedo il dolore di tutti.

E vedo che alla fine mi ricopri, col corpetto che mi ha cucito mamma. Forse, quando mi copri, sei tornato, forse mi vuoi restituire il gesto
che ho compiuto, togliendolo. Il solo gesto
che ti resta, di me. Tutto il resto che hai preso, non è tuo.

I pulitori non avranno tempo di occultarmi, perché i miei amori
[chiedono di me. Eccomi. Simonetta.
Stata al mondo vent'anni. Morta
dove sono caduta, per mano d'uomo. Un'aureola di sangue
[intorno al capo.

Roma, 19 giugno 2020

detalhes que tiram a atenção da dilaceração: as minhas meias, imaculadas e estendidas. Meias que caminharam pouco. Acho que, se tivesse me tirado a fusô, as meias viriam junto. Um pensamento que faço, para fingir que esta ainda seja
a vida. Vejo
que continua a golpear, mais em baixo. Isso quer
me apagar. *Nem um fio de tecido*
resta, nas feridas. Por ironia do acaso, não sinto nada, nem mesmo um de seus golpes no ventre. Vejo que o corpo no chão não é mais o meu. No que insiste, destroço, ao que te agarras? Não te escuto. Eu, não tenho mais medo. Vejo a dor de todos.

E vejo que no final me recobre, com o corpete que minha mãe costurou para mim. Talvez, quando me cobre, você tenha voltado, talvez quisesse me restituir o gesto
que fiz quando o tirei. O único gesto
que resta pra você, de mim. Tudo o mais que pegou não é seu.

Os limpadores não terão tempo para me ocultar, porque meus amores
[perguntam por mim.Estou aqui. Simonetta.
Que ficou no mundo por vinte anos. Morta
onde caí pela mão de um homem. Uma aureola de sangue ao
[redor da cabeça.

Roma, 19 de junho de 2020

Maria Grazia Calandrone nasceu em Milão, em 1964, e vive em Roma. Poeta, dramaturga, artista visual, autora e apresentadora de programas culturais para Radio3, escreve para o jornal *Corriere della Sera* e para a revista *Poesia*. Mantém laboratórios de poesia nas escolas, nos presídios e com os migrantes, além de atuar como voluntária na escola de leitura para crianças Piccoli Maestri. Ao longo de mais de 25 anos de atividade, seus textos ganharam muitos prêmios importantes na Itália, a começar por Illustrazioni, prêmio Montale em 1994 na categoria dos inéditos. Quatro anos depois, a autora venceu o prêmio Nazionale Nuove Scrittici com *Pietra di paragone*, volume dedicado ao pai, combatente voluntário na guerra civil espanhola e deputado pelo Partido Comunista. Se *La scimmia randagia* [*O macaco vira-lata*], de 2003, que ganha o prêmio Pasolini, é dedicado ao nascimento do filho, *Come per mezzo di una briglia ardente* [*Como que por meio de uma rédea ardente*], de 2005, é uma variação sobre o tema da morte, a materna. *La macchina responsabile* [*A máquina responsável*], de 2007, traz um profundo questionamento sobre a natureza do mal e as escolhas individuais nos massacres em massa. Já *Sulla bocca di tutti* [*Na boca de todos*], de 2010, obra vencedora do prêmio Napoli, traz dois lados: a alegria e a força da refundação do mundo com o nascimento da filha e o ponto extremo e sem volta do Ocidente cujo emblema é representado pela queda das Torres

Gêmeas. Em 2011, é publicado o romance onírico *L'infinito-mé-lo*, acompanhado de cd com leituras feitas pela poeta de seus próprios textos, incluindo *Alla compassione di tutti* [*À compaixão de todos*] que trata do suicídio da mãe natural. *Serie fossile* [*Série Fóssil*], de 2015, traz o canto de um amor absoluto, anticonvencional, com tons científicos e elegíacos, vencedor de vários prêmios. *Gli Scomparsi — storie da Chi l'ha visto?* [*Os desaparecidos — histórias de Chi l'ha visto?*], de 2016, obra vencedora do prêmio Dessi, é inspirada no programa de televisão mencionado no título; desse mesmo ano são os quatro monólogos de *Per una voce sola* [*Para uma só voz*], que é acompanhado por 6 desenhos e 10 fotografias. *Il bene morale* [*O bem moral*], de 2017, é um livro sobre a alegria, sobre a vontade, mas também se coloca do lado das vítimas da sociedade, confirmando a esfera da poesia civil e a mais intimista. Il *giardino della gioia* [*O jardim da alegria*], de 2019, vencedor do prêmio Lerici Pea, é seu último livro de poesia, no qual retornam aspectos de livros anteriores e se delineiam ainda mais as variações do complexo eixo amor-desamor, alegria-dor, que dão continuidade à investigação acerca do mal, a partir de páginas policiais ou da realidade histórica da contemporaneidade, como é o caso do poema-reportagem sobre a Bósnia. Em 2021, é publicado *Splendi come vita* [*Brilha como vida, traduzido em 2022 pela Relicário Edições*], seu segundo romance, que pode ser lido como uma carta de amor à mãe adotiva. Seus textos estão traduzidos para o irlandês, francês, catalão e árabe. É possível acompanhar suas inúmeras e diferentes atividades em www.mariagraziacalandrone.it

■ primeira edição
■ setembro de 2022